リボンの男

RIBBON NO OTOKO
YAMAZAKI NAO-COLA

山崎ナオコーラ

河出書房新社

リボンの男

タロウを連れて野川《のがわ》の中を歩いている。

水位は妹子《いもこ》の足首ほどまでしかない。だが、タロウのズボンはおしりの辺りまでぐっしょりだ。タロウだって普通に歩けばふくらはぎも浸からないはずだが、しゃがんだり、手で水をはねさせたりしているので当然だ。西松屋《にしまつや》で買った五百円のズボンなので濡《ぬ》らされても汚されても、構わない。靴だって、この陽気なら帰って干せば午後の時間だけでもきっと乾くだろうし、気にならない。川から家までは歩いて二分ほどだ。びしょびしょで歩けないぐらいになったら妹子がタロウを抱えて帰ればいいだけだ。妹子にとって、三歳児は抱っこできる重さだ。幼稚園の通園リュックを背負い、園帽子をかぶったままなので、それだけは濡らさないでくれ、と思いながら妹子はきらきらと頬《ほお》が輝くタロウを見つめる。

「妹子ー、お金、ないねー」

タロウは両手で水面をぐるぐるとかき混ぜる。五月の陽光を受けて水紋が光る。ダイヤモンドのカッティングよりいい仕事だ、とタロウの手業を評価する。水が刻一刻と姿を変えるのは宝石よりも美しいのだから、みどりに結婚指輪などあげなくて良かったし、今後も一切、宝石なんてあげなくていいだろう。妹子は手をTシャツの裾《すそ》で拭《ふ》いてからハーフパンツの尻《しり》ポケットに入れていたスマートフォンを取り出し、タロウと空と水の様をパシャリと撮る。そして、すぐに「みてね」にアップした。「みてね」は承認された人だけが閲覧できる写真アプリで、育児者が家族内で子の写真を共有するのに向いている。みどりがすぐに「いいね」とコメントを付けてくる。仕事中でもスマートフォンを見られるときがあるらしいみどりは、「みてね」やラインへの反応がときどき驚くほど速い。妹子とみどりは共同で育児をしているがメイン育児者は妹子ということがあって、妹子の発信が多い。みどりは受けがうまい。「いいね」「かわいい」を連発し、「ありがとう」はあまり言わない。

「そうだねー。お金、ないねー。お父さんも、探しているんだけどねー」

妹子は同意しながら自分の足の指毛が水の中で揺れるのを眺める。この頃はすっかり、一人称が「お父さん」になった。しかし、タロウからは愛称の「妹子」で呼ばれる。この愛称はみどりにつけられたもので、妹子の本名は小野常雄《おのつねお》だ。

「お金、何色だった?」

タロウが尋ねる。

「銀色だよ」

妹子は答える。

「ないねー。銀色のお金。百円?」

にこにこと川の中を見つめ、ぐるぐると手を回し続ける。

「そう。百円玉だからね、銀色だよ」

妹子は、二十分ほど前に、百円玉を川の中に落としてしまった。

妹子たちの住むマンションと幼稚園は一・五キロほど離れている。大人だったら二十分歩けば着く距離だが、入園したばかりのタロウと一緒だと一時間以上かかる。タロウの通う幼稚園は保育時間が短く、昼のお弁当を食べたらすぐに閉園だ。だから、散歩のために幼稚園に行っているようなものだ。タロウが通園に時間がかかるのは、ゆっくり歩く上に、途中で花や虫に見入ったり、石や棒を拾ったりするからだ。行程の三分の二ぐらい、つまり一キロほどは川沿いを歩いていて、その川沿いに誘惑がいっぱいあって時間を食う。河川敷に降りずに上の舗装された道を歩けば誘惑は減るのだが、妹子にとっても野趣溢《あふ》れる野川はとても魅力的で、いつも川の流れのぎりぎりを歩く。

市が野川の自然を守ることに力を入れているらしく、川の周りはカルガモなどの生き物が棲《す》みやすい状態を保つために雑草が生い茂るようにしてある。また、人と川とが親しめるように、歩く箇所だけをしょっちゅう業者が刈ってくれる。コンクリートなどで舗装した方が金はかからないんだろうな、と思うが、雑草が伸びたら刈る、雑草が伸びたら刈る、という繰り返しの金の使い方をする市に妹子は好感を持っている。そして、刈っても刈っても、春から夏にかけてはすぐに雑草がぼうぼうになり、五月だがもう蚊も出てきて、決して心地良いだけの道ではないのだった。タロウは、虫に刺されたり、転《ころ》んで泥だらけになったりしながら、幼稚園の行き帰りを歩く。雨の日は増水を懸念して河川敷に降りずに舗装された道を歩くので、三歳児に傘をまっすぐ差させながら安全に歩くのは大変とはいえ、雨の日の方が家には断然早く帰り着く。四十分くらいで帰り着けたときもあった。反対に、天気の良い日は、幼稚園から家まで三時間かかることもある。

今日は、河川敷を歩いて帰る途中、タロウがキショウブのあまりの黄色さに目を瞠《みは》って立ち止まった。キショウブというのはアヤメの一種で、川の中に生えている。たらりと垂《た》れた花びらは鮮やかな黄色で、スーッと細長い葉っぱが空を指す。しばらく二人で佇《たたず》んでいた。花を眺めているうち、「来週の歯医者の予約は何時からだっけ？」

というのが頭に浮かんできて、バックパックのショルダーストラップを片方外して、サイドポケットから財布を取り出した。片手で財布を開いて診察カードを指でスライドさせながら確認していると、きちんと締まっていなかったファスナーの隙間から百円玉がはみ出した。

「うお」

妹子が思わず大きな声を出すと、タロウはびっくりして繋《つな》いでいた手を引っ張った。財布が不安定になり、百円玉はピョーンと飛び出て川の中に落ちた。勢いがついていたので遠くまで飛び、川の真ん中辺りで消えた。

「あはははは」

普段から人の失敗を喜びがちなタロウは、それを見て大笑いした。

「お金は大事だからね。お金が川の中に落ちちゃったから、お父さん、ちょっと川の中に入って、拾ってくるからね。タロウはここで待ってて」

妹子は繋いでいた手を離し、スニーカーを脱ぎ、靴下も脱いで丸めてスニーカーの中に入れると、ハーフパンツを念のために太もも上辺りまでまくってから水の中に入った。今年の五月はとても暑く、幼稚園から一時間歩くだけで汗だくになる。だから、水の中に足を入れた途端、快感が湧《わ》き上《あ》がった。妹子が進むと、アメンボがついついと移動していった。

「待ってないよ、タロウも行く」

タロウは靴のまま妹子を追いかけてきた。

「あっ、靴が濡れちゃうよ……。まあ、いいか」

妹子は最初は止めようとタロウに手を伸ばしたが、すでに両足とも水に浸かっていたので、今さら上がらせても仕方がなかった。

手を繋ぎ、二人で川の中をうろうろする。

どの辺りに沈んだのかは、目で確認していたし、浅い川なので、百円玉はすぐに見つかると思われた。でも、なぜか見つからない。落ちたと思った辺りの石をどかしてみたり、足で川底を掘ってみたりしたが、全然ない。もうあきらめようか、とも思うが、すでに二十分探しているのだから、ここであきらめるのはもったいない。一時間探して見つからなかったらあきらめようか。一時間半は探し過ぎだ。そうか、自分は百円に一時間くらいの価値を感じるんだなあ、と妹子はぼんやり考える。

「あった」

タロウが何かを拾った。

「……きれいな石だね」

ぬらぬらと光る黒くて丸い石だった。

「いらっしゃいませー」

タロウは岸辺にある黒っぽい岩に石を載せた。子ども用のローテーブルぐらいの大きさで、半分が水に浸かり、もう半分は岸に出ている。その岩の上に石を置いてにこにこしながら、タロウが店員のフリを始める。ちょうど良い高さの台に出くわしたら、ものを載せて「いらっしゃいませー」とお店屋さんごっこを始めるのはタロウの常だ。

「くださーい」

妹子は適当に相手をする。

「百円でーす」

タロウの店は大概のものが百円だ。

「はい、お金です」

妹子は架空の百円玉をタロウの手に載せる。

「ありがとうございましたー」

タロウは金をもらうフリをしたあと、妹子の手に黒い石を載せる。

「はい、ありがとうございます。あむあむ」

妹子は食べるマイムをした。タロウのお店は大概食べ物屋だ。しかし、

「妹子、食べないで。戻して」

タロウはムッとした顔で返却を求め、妹子から返された黒い石をまた岩の上に置いた。

「それ、食べ物じゃないの?」

妹子が笑いながら尋ねると、

「うん、違うの。……あ、また、あった」

今度は茶色い石を岩の上に並べる。食べ物ではないのだとしたら、小石を何に見立ててお店屋さんごっこをしているのか。

「お金はないねえ」

妹子は再び川底に目を戻す。

「あった」

タロウが次に拾ったものは人工的な丸さのあるものだった。

「え？」

一瞬、本当に金かもしれない、百円玉より小さいので一円玉かもしれない、と思った。だが、よく見るとおはじきだ。

「これ」

掌《てのひら》に載せて掲げる。ピンク色のガラスにラメが入っているかわいいおはじきだ。川

の中で採《も》まれたのか、ちょっと欠けたところも丸みを帯びていて、つるりというより
ざらりとしていて、曇りガラスのような風合いになっている。

「ああ、これは誰かの落としものかなあ。きれいだね」

妹子はタロウの掌の中のおはじきを指の腹でそっと撫《な》でた。

「おはじきって、何？　タロウは知らない」

タロウは首を傾《かし》げる。

「ああ、最近はおはじきって見ないもんなあ」

妹子の子ども時代にはおはじきやビー玉があったが、最近の子どもはこういうもの
で遊ばない。

「これ、ここに置いておくの」

タロウはおはじきについての説明をそれ以上求めず、岩の上に並べた。

「集まってきたね」

妹子は岩の上の石やおはじきを眺めた。

「また、あった」

きれいな石をまた拾い、岩の上に並べる。タロウは一歳の頃からの石好きだ。散歩に行けば必ず石を拾い、握り締めると安心した顔をして、石と共に歩いた。子どもが石を握り締めているのを見ると、原始的な所有の喜びというものを感じずにはいられない。

妹子はタロウが岩の上に石を並べていくのをしばらく眺めた。

小さい子は数センチの水の中でも溺《おぼ》れると聞くので目を離してはいけない。でも、すぐ側にいるので大丈夫だろう、と手は離す。タロウは所有欲にまみれて石やらおはじきやら鉄片やらを集め続ける。

野川はいつも浅いわけではない。四年前に引っ越してきたときは、もっと川らしい姿をしていた。去年の夏、二歳のタロウとザリガニや小魚をバケツに入れて遊んだときは、水位はあと十センチくらい高かった気がする。だが、この冬にどんどん水位が下がった。雨が降らないと川はなくなる、ということを妹子は初めて知った。二月には川底が見え、まったく水が流れなくなった。だから、道を歩くように川の真ん中をタロウと歩いた。干上がった川は、道と同じだった。普通の砂利道だ。ただ、ところどころに貝殻がある。エビの死骸《しがい》も固まって落ちていた。野川は野鳥がたくさんいることで有名で、特に餌《えさ》のなくなる冬は人目をあまり気にせず現れる。

カワセミ、カルガモ、アオサギ、ダイサギ、コサギ、キセキレイ、ハクセキレイ、メジロ、ホンセイインコ、オナガ、ドバト、ハシブトガラス、ムクドリ、ジョウビタキ……。

カワセミはかなりのレアキャラで、一年に一回か二回くらいしか妹子は見ない。鮮やかな青い背中を持つ小さな鳥で、スーッ、スーッと川の上を飛んでいく。あるいは川岸の枝から水面を見つめ、獲物を狙っているときもある。

つい、カワセミやサギ科の仲間を見ると盛り上がり、カラスやハトには冷たい視線を送ってしまうが、カラスやハトのかわいさも見つけてあげたい。そんなことも思いながら妹子は鳥たちを眺めてきた。ホンセイインコは派手な黄緑色の外来種で、ペットとして飼われていたものが逃げ出して野生化したらしい。在来の鳥の居場所が侵されるという危惧《きぐ》を抱いている人もいるようで、「悪者」と見なされがちのようだが、妹子は違う視線を送りたかった。

結婚して、東京の田舎に移り、野川沿いでの暮らしが始まり、タロウが生まれてからは毎日のように長時間の川散歩をして、みどりと接する時間よりも川と接する時間の方が長いくらいで、「自分は何をやっているんだろう?」とときどき足元がぐらつく。結婚前だってフリーターで、たいして稼いでいなかったが、それでも稼ぎというものがゼロになった今、「みどりの稼ぎで暮らしている」と他人から思われる状態で、鳥のことを考えて一時間過ごしたときは、「時給で考えるとバカみたいな過ごし方したな。アルバイトでは千円稼げていたのに」と思う。「毎日、タロウと一時間かけて幼稚園に行き、また一時間かけて帰ってくるのって、時給で考えるとバカみたいだな。前は少なくとも『一時間あれば千円稼げる男』ではあったのに」としょげる。自分はみどりの稼ぎを分けてもらっているのではない。世界にとって意味のある行為をしているから金が入ってくるのだ、と思いたくなる。人間が鳥に視線を注いで考えごとをするのは、きっと重要だ。重要なことをしているから金が入ってくるわけで、みどりに金をもらって遊んでいるのではない。育児という大事な仕事をしているから生活できるのであって、みどりの代わりに育児をしてあげてみどりから金をもらっているわけではない。

タロウが赤ちゃんだったときはベビーカーを押して、歩けるようになってからは手を繋いで、妹子はタロウと一緒に野川の野鳥を見てきた。

しかし、この冬に川の水が干上がったあとは、鳥を見かけなくなった。どこへ行ったのだろう、死んでいなければ良いが……、と妹子は案じた。亀《かめ》もたくさんいたのに、他の水場を見つけられたのだろうか……。

春になると、雪解けの水が流れてくるのか、少しずつ川底が湿ってきた。四月には川と思えるぐらいの流れになった。久しぶりに亀を見たときは、

「亀だ、戻ってきたんだ。タロウ、良かったねえ」

妹子とタロウは手を取り合って喜んだ。鳥はいつも春になればあまり見かけなくなるので、サギ科の仲間やカワセミは見ない。けれども、カルガモやムクドリやセキレイ科の仲間は見かけるようになった。五月の今、「川はなくならない、川は永遠だ」という感覚が妹子に戻ってきている。だが、昨年ほどの水位にはまだなっていない。

「タロウ、楽しいねえ」

妹子はつぶやく。すでに一時間が経過した。百円玉を探すために一時間を過ごした。金は見つからないが、後悔の念は湧かない。金を探すために時間を使った自分はえらい、という気がしている。

「楽しい」

タロウも頷《うなず》く。

「あ、あの子、川に入ってる」

野球帽をかぶって半ズボンをはいた活発そうな子が、タロウを指差しながら近づいてきた。タロウよりも一、二歳上だろうか。

「こんにちは」

後ろから、その子の親らしき人が小さなキックバイクを抱えながら追いかけてきて、妹子たちと二、三メートルの距離に近づいてから、妹子に挨拶《あいさつ》した。髪をゆるくまとめて銀色のバレッタで留め、パフスリーブのボーダーシャツを着ている。

「こんにちは」

妹子も頭を下げた。タロウは人見知りをして、無表情でかたまっている。

「僕も入る」

野球帽の子は川に入りたがった。

「マコトは、これからおうちに帰っておやつ食べるんでしょ？　もう、さっき公園で十分に遊んだんだし」

子どもの親は困惑を顔に浮かべ、なんとか川から引《ひ》き剝《は》がそうとする。

「えー」

野球帽の子は不服そうな声を出してしゃがみ、石を拾い始めた。

「水が戻ってきて良かったですね」

子どもの親はにこやかな顔を妹子に向けた。

「本当にそうですね。冬に川が干上がったときはどうなるのかと思いましたが、今はカルガモも戻ってきてくれて」

妹子も笑顔で雑談を返した。妹子のコミュニケーション能力は高くなく、親同士のつき合いが面倒で児童館にも行ったことがなかったのだが、タロウが幼稚園に入ってから急に親同士での雑談に目覚めた。幼稚園へ迎えに行き、開門時間まで門の前で待つ。開門後も、先生の話が始まるまで並ぶ。そういうときに、近くにいる人と話す。「お弁当に何を入れました？」「暑くなったかと思ったら急に寒い日が戻ってくるときもあるから、朝に半袖《はんそで》着せていいのか長袖がいいのか悩みますよね」「駅前の新しいベーグル屋さんを知っていますか？」……。いろいろな人が、ちょっとした時間に話しかけてくる。九割が女性なので、妹子は異分子なのではないか、と入園当初はびくびくしていたのだが、意外とみんな相手の性別は気にしないみたいで、いわゆる「ママ友作り」と同じ感覚で妹子に話しかけてくれるようだ。かなり年下の人も多いはずだが、年齢も気にされない。ＰＴＡ総会が始まる前のパイプ椅子で、保護者会の空き時間に園庭で、送っていったあとに掲示板の前で、妹子は雑談を繰り返した。ネット記事などで、「子どもの自慢はＮＧ、かと言って謙遜《けんそん》し過ぎるのもＮＧ」「パートナーの職業や経済力については話さないし聞かない」「二人目については話さないし聞かない」など、ママ友同士の雑談におけるＮＧ項目についての知識を仕入れて、緊張しながら臨《のぞ》んでいた。実際、雑談をしてみると、みんな、踏み込んだことを聞いてこないし、自慢も謙遜もない。隙間の内容だけで会話を紡げるのはすごいことだが、「こんな建設的ではない会話を繰り返すことでどこを目指せばいいんだ？」と冷ややかな思いも最初は抱いてしまった。しかし、繰り返していくうちに、時折、雑談ハイのようなものが訪れるようになった。「薄い内容なのにこんなに長い時間話せた」「相手も自分も傷つけずに雑談できたぞ」といった達成感がふつふつと湧いてくる。雑談は良いものかもしれない、と次第に心が移ってくる。雑談がうまい相手に尊敬の念も湧いてくる。でも、どこへ向かっているのだろう。仕事の打ち合わせや同僚との懇親会は経済活動と捉《とら》えられるだろうが、親同士の雑談を経済活動とは世間は見てくれないだろう。妹子は、堂々と主夫を始めたつもりだが、どうしても時折「どうも世間から責められている」という被害妄想が湧いてくるし、みどりが悪気なく経済力を自慢してくるのもつらいし、「いや、僕がやっていることだって、風が吹けば桶屋《おけや》が儲《もう》かる的に考えていけば経済活動だって言えるんじゃないか？」というのを思ってしまう。もっと雑談を極めたら、何かしら豊かになれるんじゃないのか？

今のところ、幼稚園で出会う大人たちはみんな感じが良く、ネット記事で読んだような、「ボスママ」がどうの、「グループ」がどうの、「マウンティング」がどうの、といったことは露ほども感じられない。「あれ？　深い話は交《か》わしていないけれど、この人、実は、すごい人なんじゃないか？」と感じることもある。「この人は嘘《うそ》を言っていない。キャラ作りもしていない。誠実な人なんじゃないか？」と思うこともある。自分も主夫でありながら、妹子はそれまで、主婦に対し、「保守的な考えを持ち、本音を隠し、個性を殺して集団を作る人たち」と画一的なイメージを持ってしまっていた。だが、実際には、いろいろな人がいる。はきはきしている人も、大人しい人も、笑いを取る人も、真面目な人も、日焼けを気にして全身黒ずくめの人も、いつもお姫様みたいな服を着ている人もいて、様々だ。そうして、それぞれのキャラクターが尊重されている。妹子も、別に、「ママ友」に溶け込めるような自分に変わらなくて構わないのだ。女性に合わせようとしなくてもいいのだ、と知った。きっと、今の自分のままで、雑談ができる。そういうわけで、妹子は雑談を磨いていく予定なのだった。

「カルガモ、また子どもを産んでくれるといいですね。そろそろ、繁殖期ですよね」

子どもの親は話を続けた。川沿いでも雑談は多発する。登山と同じような状況なのか、川沿いを歩いていると、「おはようございます」だの「こんにちは」だの、すれ違う人が結構な確率で挨拶をしてくる。妹子は、挨拶をされたら返す。あるいは、雰囲気を読んで自分から挨拶をする。特に、子連れや、犬の散歩中の人や、年配の人とは、挨拶や、それに続く雑談を交わすことが多い。

「ええ、去年は、七羽連れている親鳥と、五羽連れている親鳥と、一羽連れている親鳥がいましたね」

妹子は話した。冬に見かけるカルガモは大概、カップルで行動している。そして、六月から七月にかけては、子連れのカルガモを見ることができる。親鳥と雛《ひな》がもつれ合いながら泳ぐ様はとてもかわいらしく、長時間見ていても飽《あ》きない。雛はあっという間に成長して、夏の終わりには、親鳥から離れる。

「数えていたんですか？　私も、この近所に住んでいるもんで、気にしていましたが、数までは……」

と笑う。ボーダーシャツにジーンズというラフな恰好《かっこう》だが、今風のまとめ髪や化粧の感じから、妹子よりも十歳ぐらい若いのではないか、と推察できる。

「ええ、でも、育ったのは全部で六羽だったと思います」

妹子は小さく微笑みながら言った。

「天敵も多いんでしょうね。蛇もいますよね」

子どもの親は眉根《まゆね》を寄せた。

「蛇、いますよね」

妹子は頷いた。

「この子を連れて散歩していたら、この子の足元をにょろにょろって通り過ぎたことがあるんです。ギイヤアーって叫んじゃいましたよ。アオダイショウだと思うんで、そんな危なくないはずなんですけど、でも、蛇ってびっくりするじゃない？」

急にくだけた話し方をした。

「蛇は驚きますね。しかも、足元なんて、ぎょっとしますよね」

妹子が同調すると、

「この子は、全然びっくりしていませんでしたけどね。『蛇さんだ』って喜んで追いかけようとして」

子どもの親は苦笑した。

「そうですか、僕は、蛇が川の中を泳いでいるのを見たことあります。川蛇かと思ったんですけど、アオダイショウも川を泳ぐことがあるみたいですね」

妹子は二年ほど前に見た蛇の水泳姿を思い起こした。

「あ、私も見たことあります。泳ぐの上手ですよね」

子どもの親が頷いたところで、

「ママ、すごいよ。お金を見つけたよ」

しゃがんでいた野球帽の子が突然立ち上がり、掌を開いて親に見せながらにこにこした。掌には百円玉が載っている。

「え？　どこにあった？」

子どもの親は尋ねる。

「ここだよ」

野球帽の子は、タロウがお店屋さんごっこで使っていたローテーブルのような岩の隣にある、ミニスツールぐらいの大きさの、灰色に白い縞《しま》が入った岩の上を指差した。

「これ、落とされました？」

子どもの親は妹子の顔を見た。

「え？　いいえ」

妹子は、思わず首を振ってしまった。百円玉を落としはしたが、そのあと見失った。川の中にあると思っていたから、これは別の百円玉かもしれない。

「でも、誰かの落とし物かもしれないから……」

子どもの親はしゃがんで金を指差す。

「僕が拾ったんだよ。ママにおやつ買ってあげる。さっき、おうちには僕のクッキーしかないって言ってたでしょ？　でも、ママも食べたいでしょ？」

野球帽の子は、金を見つけたことが誇らしいようで、親に笑顔を向ける。

「え？　ううん、ママはクッキーいらないの」

子どもの親は困った顔をする。

「えー」

野球帽の子は不満げな声を出した。

「お友だちが先に見つけたんじゃない？」

子どもの親は、今度はタロウの顔を見た。小さい子同士の関わりを見守る際に、たとえ初対面でも相手の子を「お友だち」と呼ぶ感覚は、育児者たちに共有されている。妹子は初めは違和感を持った。フェイスブックの「友達申請」のような表現も嫌いなのだ。「友だち」という言葉はもっと重く扱うべきではないのか。親密な相手に対して、特別に使うべきではないのか。でも、「お友だち」以外に、確かに呼びようがないのだ。「この子」だとか、「あの子」だとかでは、冷たく響いてしまう。

「これ、見つけたの？」

野球帽の子は、素直にタロウの方へ百円玉を向けて尋ねた。

タロウはかたまったままで、否定も肯定もしない。

妹子は、どうサポートしようか、と一瞬、悩んだ。タロウは岩の上に石やおはじきや鉄片を並べていたから、百円玉もタロウが拾ったのかもしれなかった。

妹子が落とした百円玉だとしても、他の誰かが落とした百円玉だとしても、土や水ではなく、岩の上に載っているのは不自然に感じられた。岩の上に落ちたら音がするはずだから、大概の人が気がついて拾うだろう。それに、岩の上に金が落ちたら跳ねるはずだ。上の方から落ちてきたものではなく、誰かにそっと置かれた、と捉える方が自然な状況に思える。

だが、タロウがお店屋さんで使っていた石やおはじきや鉄片は、その隣にあるローテーブルのような岩の上に並べてあった。百円玉は、そのローテーブルのような岩の隣にある、ミニスツールのような岩の上に置いてあったというから、別枠だ。ただ、タロウは妹子が百円玉を探していたのを知っていた。それに、金というものが特別なものだという認識は持っているから、本物の金をオモチャにしてお店屋さんごっこに使うことはしないだろうし、もしも百円玉を見つけたとしたら、別枠として扱うだろう。妹子が雑談をしていたから、百円玉を見つけてもすぐには話しかけず、横に置いておいたのかもしれなかった。

タロウは人見知りが強く、あるいは場面緘黙症《ばめんかんもくしょう》というものかもしれない、と妹子は悩んでいた。言葉の能力はあり、家では明るくてたくさんお喋りをする子が、学校や幼稚園などの特定の場所でうまく喋れなくなってしまうのが場面緘黙症だ。妹子自身、昔、場面緘黙症だった。小学校時代、家族や友人とは喋れたのだが、学校ではひと言も口が利《き》けなかった。大きくなるに従って少しずつ喋れるようになり、大人になった今は日常に支障を感じることはないし、雑談もそれなりにできるようになった。タロウを見ていると、自分の子ども時代ほどではないにしろ、家族の前にいるときと他人の前に出たときとで顔つきがまったく違うということや、家では常に笑っていてお喋りも上手なのに、幼稚園ではかなりおとなしいらしいということがあって、公の場で緊張をする性格なのがうかがえる。

妹子が他の人と喋っているときに、タロウは割って入るようなことをしない。また、初めてあった子とすぐに打ち解けて喋るようなこともしない。

だから今、タロウが何かを主張することはまずないだろう、と思えた。

「タロウ。これ、タロウが見つけたの?」

妹子は、それでも聞いてみた。

タロウはじっと黙っている。

「これ、僕、もらっていい？」

野球帽の子がタロウに尋ねる。

「……うん」

タロウは小さな声を出し、コクリと頷いた。

「いいって」

野球帽の子は、親の顔を見た。

「そう……」

子どもの親は相変わらず困惑した顔で、ちらりと妹子を見上げる。他人が見ているところで「拾った金を持って帰る」という行為をしたくないのだろう。

「いいんじゃないでしょうか？」

妹子は苦笑して頷いた。

タロウは「うん」と言ったのだし、野球帽の子に持って帰ってもらうのが一番だという気がする。しかも、野球帽の子には、親におやつを買ってあげたいという殊勝な動機があるようだ。これ以上タロウに質問を重ねたところで明確な答えは返ってこないだろうし、妹子も百円玉の持ち主についてはっきりしたことはわからないのだ。

「わからないんですけれど、さっき、僕がここで百円玉を落としたんで、それかもしれないです……」なんて今さら言い出すのはかなり変だ。

「じゃあ、そうね。行こうか？」

子どもの親は曖昧《あいまい》に頷いてから、立ち上がった。

「うん」

野球帽の子は嬉《うれ》しそうに右手で百円玉を握り締め、左手で親と手を繋ぎ、歩き出した。

「お友だちにバイバイって言ってごらん」

子どもの親は歩き出しながら促《うなが》した。

「バイバーイ」

野球帽の子は親の手を一瞬離して、タロウに向かって手を振った。

「タロウも、お友だちにバイバイって」

妹子が促すと、タロウは黙ったまま、かろうじて片手をちょっと上げた。

「さよなら」

子どもの親も手を振って、キックバイクを抱えて去った。

「バイバーイ。さよなら」

妹子も手を振った。

野球帽の子とその親は、階段を上り、車道の方へ消えていく。

完全に見えなくなってから、

「お金、持っていっちゃったね。あはは」

タロウが笑いながら妹子を見上げた。

「持っていっちゃっても、良かった？」

笑ってるよ、と思いながら妹子は尋ねた。

「うん。タロウと妹子も、もう帰ろうよ」

タロウが妹子の手を引っ張った。

「そうだね、百円玉、見つからなかったけど、面白かったね」

妹子は頷いた。

「うん。石だけ持って帰る」

タロウが、ローテーブルのような岩の上から、黒い石をひとつ取った。

「じゃあ、お父さんもひとつ持って帰ろう」

妹子は茶色い石を手に取った。

「さ、帰ろー」

タロウは川岸に向かった。おはじきの方がきれいなのに置いていくんだなあ、と岩の上にちょっと目を遣《や》ったあと、

「靴、びしょびしょだけれど、歩ける？」

妹子はタロウを地面の上に引っ張り上げた。

「あはははは。歩けるよ」

タロウは川から上がると、重くなった靴の感触を面白がって笑い転げる。

夏のように暑いので、濡れているのは苦ではない。

家に帰ると、十五時だった。すぐに風呂を沸かした。濡れた靴は庭先の物干《ものほ》し竿《ざお》に引っ掛けた。風呂上がり、タロウと妹子は野川から持ってきた石にクレヨンで色を塗って遊んだ。タロウの石はペンギン、妹子の石はゾウになった。それを人形のように動かしてごっこ遊びをした。十七時になってから、妹子は野菜を刻み、夕食用のカレーライスの準備を始めた。みどりが帰ったらすぐに夕食を食べられるように段取っておくことが、タロウが二十時に布団に入って、翌朝に機嫌良く起きられることにつながる。妹子が料理している間、タロウは何やら自分で創作したらしい「電車の中にアリがいるよ、アイスを探しているアリだよ」という歌を歌いながら、ひとりで踊り続けていた。

十八時過ぎに、干していた靴が三時間で乾いたのを確認して取り込んでいたら、みどりが帰ってきた。もう夕方で大分涼しくなっているはずだが、みどりは汗だくだった。

「あっついねえ」

額の汗を手首の内側でぬぐいながらみどりが嘆く。

「うん、今年の五月はこれまでになく暑いね」

妹子はキッチンに戻り、カレーの入った鍋《なべ》をかき回しながら、みどりの前髪がおでこに張り付いているのを横目で見る。

みどりは身長百五十五センチで体重七十五キロというぽっちゃりした体型なので、ことのほか暑く感じるのに違いない。また、書店員という、立って動き回ったり、重い荷物を運んだり、肉体労働の面もある職業に就いているので、汗をたくさんかくのだろう。それに、勤め先の書店は路面店で、一階の出入り口近くでのレジ業務や外にある雑誌の棚の陳列をよくしているみどりは、たとえ店内に冷房が入っていても、外気に接することがきっと多い。

「妹子、おつかれさま。ねえ、タロウ、川に入っちゃったの？」

みどりは笑いながらリビングへ行き、タロウの頭を撫でる。妹子の育児や家事に対して敬意を持っている、というパフォーマンスなのか、みどりは妹子と喋るときにやたらと「おつかれさま」というセリフを入れ込んでくる。

「みどりこそ仕事おつかれさま。……『みてね』の写真見た？　タロウが入っちゃったというか、僕が先に川に入っちゃって、そのあとをタロウが追いかけてきたんだけどね」

鍋を煮立たせている間にサラダを作ってしまおうと、トマトとレタスを洗う。

「あはは。妹子が川に入ったのか」

みどりは手を叩《たた》いてゲラゲラ笑う。

「百円玉をさ、川の中にうっかり落としちゃったんだよ」

妹子はレタスを千切《ちぎ》りながら説明を続けた。

「金を探して川に入ったんだ?」

半笑いでみどりが聞く。

「そう、百円玉を探すために、靴を脱いで川に入ったんだけど、そうしたら、タロウもついてきちゃった。それも、タロウは靴を履いたまんま。それで、タロウは靴もズボンもパンツも濡らしちゃったんだけれど、帰ってから干しておいたのね。そしたら、もう乾いたよ。五月だけれど、もう夏だね」

妹子はガラスの器にトマトとレタスを並べる。タロウ用の小鉢には、一センチ角に切ったトマトだけを入れる。タロウはレタスを嫌うので、トマトだけにした。

「そっか。それで、金は見つかったの?」

みどりはまだ笑っている。

「見つからなかった。でも、楽しかったよ。一時間くらい、タロウと川の中をうろうろしたんだ」

妹子は答えた。そのあとに親子連れが百円玉を拾って持って帰ったことは、説明するのが面倒に感じられたので省《はぶ》いた。

「そうかあ。タロウに金の大切さを教えるのも大事だもんね。一所懸命に探す姿を見せた方がいいよね」

みどりが納得したように何度か頷いた。

「ああ、うん」

一緒に頷きながら、もしも落としたのが五百円玉だったらどうだっただろうか、と考える。もっと必死になったかもしれない。あの野球帽の子が金を見つけたときに、「あ、おじさん、さっき五百円玉を落としちゃったから、それかもしれないなあ。ごめんね」と言ったかもしれない。

「今日、カレーライスでしょう？　おつかれさま。もう、ごはんよそっていい？」

みどりが食器棚の前に来た。

「ああ、うん。お願いします。えっと、テーブル拭くのと、お水を用意するのもお願い」

妹子が指示を出すと、

「わかった」

みどりは、布巾《ふきん》と、大人用の大皿二枚とタロウ用のはらぺこあおむしのイラストの入った皿と、大人用のグラス二つとタロウ用の電車柄のコップをトレイに載せて、リビングへ移動する。

妹子は、みどりがよそってきたタロウ用のごはんにカレーをとろりとかけ、冷凍庫に入れる。タロウは猫舌なので、いつも一分ほど冷凍庫に入れて冷やしてからテーブルに出すことにしている。それから、大人の分と、サラダも用意して、

「タロウ、ごはんだよー」

と声をかけた。

「ごはん、食べる」

タロウは踊るのをやめてやって来て、自分の椅子によじ登った。

三人で食卓について手を合わせる。「いただきます」と口々に言って食べ始める。

「お父さんは、時給百円だな」

カレーライスのじゃがいもを咀嚼《そしゃく》しながら、妹子はつぶやいた。

「百円なの？」

タロウが口のまわりをカレーだらけにしながら聞く。

「そう。百円のために労働を一時間できるお父さんは、『時給百円の男』」

妹子は笑いながら自分の胸に手を当てた。

「でも、百円はもともと自分の金なんだから、それを探す行為は、稼ぐっていうのとは違うんじゃないの？」

みどりが首を傾げる。

「そうだけど……」

妹子はトマトにフォークを刺した。

「というか、見つからなかったんだから、『時給マイナス百円の男』なんじゃないだろうか？」

みどりは半笑いで指摘する。

「え？　でも、そんなことを言い出したら、こうやって食事したり、部屋で過ごしたりしているわけだから、厳密には、食費や家賃を時間で割って、ちゃんと計算しないといけないんじゃないだろうか。『時給かなりマイナスの男』だ」

妹子はトマトを口に放った。

「あはは、もう妹子はアルバイトを辞めたんだからさ、時給なんて考え方、捨てなよ。金のことは気にしなくていいんだよ。妹子は育児や家事をして、金じゃないものを生み出しているんでしょ？　私が稼ぐからさ。ああ、おいしい」

みどりは大きく口を開けて、カレーライスを頬張る。

「いや、もっと厳密にできるかなあ。スマホの通信費とか、洗濯乾燥機の電気料金とか……。いや、もっとか、カレーライスの作り方を知っているから教育費とか、こういう考えごとも文化を消費しているからできるわけで書籍費とか。毎日、いろんな消費をしているから、『時給もっともっとマイナスの男』だ」

妹子はみどりの言ったことをスルーして考え続けた。

「いや、いや、だからさ、金がどうのっていうのは私がやるからさ、そんなこと考えないでよ。経済の心配なんてしないでよ。私が妹子を幸せにしてあげるからさ」

みどりはカレーライスの一杯目をすぐに平らげ、お代わりのために炊飯器へ向かった。


妹子とみどりの出会いは、結婚相談所だった。五年前のことだ。

妹子もみどりも三十五歳で、その大手結婚相談所に入会したばかりだった。

当時の妹子は、新古書店でアルバイトをしていた。高校卒業後にフリーターになり、ファストフード店で一年ほど働いたあと辞めて別のアルバイトを探し、焼肉屋、書店、回転寿司、カラオケ店……、と転々としたあと、新古書店に入り、その店は結構長く続いて、もう九年目だった。実家から電車で三十分ほどのところにあるアパートの1Kの部屋を借りて、ひとり暮らしをそれなりに楽しんでいた。

妹子はいわゆるロスジェネ世代なので、そういう感じで生きている人は、周りに珍しくなかった。境遇をわかり合える友人たちとよく居酒屋に集まった。「老いが怖いよね」「結婚や子どもなんて夢のまた夢だよね」「でも、趣味があるし、友だちがいるし、幸せだし」「先のことを考えるのやめよう。今に集中しよう」「かんぱーい」と飲み、二次会はカラオケに行って九〇年代を懐かしみながら小室哲哉や渋谷系の歌を歌いまくって、「これからも、家族より、こういうゆるい繋がりを大事にして生きていこうぜ」と解散するのだった。

ただ、妹子は、「老いが怖いよね」「でも、趣味があるし、友だちがいるし、幸せだし」「先のことを考えるのやめよう。今に集中しよう」「かんぱーい」には完全に賛同していたのだが、「結婚や子どもなんて夢のまた夢だよね」だけには、「本当にそうかなあ?」と懐疑的だった。

結婚や育児って、正社員にならないとできないものなのだろうか? 腑《ふ》に落ちなかった。結婚や育児に興味がないのならもちろんしない方がいいに違いないが、結婚したい育児したいと思っても「正社員ではない」という理由であきらめるべきなんだろうか？　世間からは、「結婚や育児を社会で支えます」「少子化対策に取り組もう」という空気が漂ってくる。非正規で働く人を応援しようという流れも感じる。もし、自分が「結婚したいです」「育児したいです」と世間に出ていったら、応援してもらえるのではないか？　友人たちに正直に言ったことはなかったが、実は、妹子は結婚や育児をしたかった。特に、育児に関しては、ずっと夢を見てきた。もしも自分に子どもが生まれたら、寝る前に詩の朗読をしてあげたい、クッキーを一緒に焼きたい、サッカーボールを一緒に追いかけたい、髪の毛を編《あ》んであげたい、酒を酌み交わしたい……、いろいろなことを思ってきた。

それで、ネットの広告などで見かけていた有名な結婚相談所に電話をかけ、新宿の大きなビルの中のその会社に赴き、正式に入会した。入会金や活動初期費用などで十五万円ほど払った。高かったが、アルバイトとはいえこつこつ働いて地味な暮らしをしてきたので貯金がないわけではない。

「私を、東京のお母さんと思ってくださいね」

と担当の相談員は言った。とても華やかな化粧をして「人生のベテラン」という雰囲気を漂わせている人だった。妹子は東京出身で、東京に実母が住んでいるので、「東京のお母さん」という言葉はかなり滑稽《こっけい》に響いたが、

「はい」

と頷いた。カップルをたくさん作るというノルマがあるのかもしれない。信頼してもらいたいのだろう。実際、自分もカップルになりたくて来ているわけだから、波風立てるよりは、この人の仕事のやる気を尊重した方がいい。

プロフィールを作るための書類を書いて提出したら、その担当者は「うーん」と渋い顔をしたあと、

「大丈夫です。あきらめることはありません」

と作り笑顔を浮かべた。「あきらめることはない」と慰められるということは、妹子のプロフィールは、もう結婚をあきらめようと考える人の方が多いようなプロフィ

ールということか。やはり、正社員ではないことが問題なのか。

「年収を多めに書いた方がいいんですか?」

妹子は質問してみた。

「いえ、正直に書くのがいいですよ。確定申告書や源泉徴収票などのコピーを提出していただきます。うちの信用問題にもなりますから。嘘を書いてしまったら、小野さんご自身も、『いざ、ご成婚』というときに大変になりますからね。いろいろな女性がいますから、年収を気にしない女性もきっといます」

担当者はにっこりした。

「病歴も書いちゃって大丈夫ですか?」

妹子は、「双極性障害」と記入した箇所を指差した。高校の頃に発症して、軽度のものだったが、大学進学をあきらめた。そのあと、一年ほどの服薬で落ち着いた。大人になってからはまったく症状が出ていない。ただ、月に一回の病院通いは続けている。それも、「変わりありません」「では、いつもの処方箋《しょほうせん》を出しておきますね」という定型の会話を医者と交わすだけのことだ。もう十七年くらい、ただの健康的な生活を送っているので、薬を飲まなくてもまったく問題ないように自分では思えるのだが、「病気を治すというより、うまくつき合っていくのがいいです。今は通常の生活ができているので、やめてもいいんじゃないかという気持ちも出てくると思いますが、この薬は強いものではないし、服薬は続けた方が安心です」と言われたので従っている。婚活を始める前に、「結婚をしたり、子どもを作ったりすることはできますか？」という質問をしたら、「まったく問題ありません。子どもも作れます。服薬は続けた方がいいです」と医者は答えた。

「ええ、嘘はいけませんからね。この頃はメンタルヘルスの問題を抱えていらっしゃる方は珍しくありませんし、理解ある女性もいると思いますよ」

担当者はまた作り笑顔を浮かべた。

「はあ」

妹子は頷いた。

「とにかく、一番大事なのは、写真です。笑顔で写真を撮ってきてください。清潔感も重要ですから、髪を整えて、できたらスーツで、背筋を伸ばして。小野さんは背が高いですし、雰囲気が柔和《にゅうわ》だし、小野さんを『いいな』と思う女性は、きっといます」

「男も大事なのはヴィジュアルですか……」

「私は長年相談員をやっていますけれどね、やっぱり、男性も女性も、みなさん、見た目の第一印象を重要視してお相手を選ばれることが多いですね」

担当者は平然と言った。

そうか、こういうところでの出会いは、見た目で勝負をしなければならないのだな、と妹子は思い当たった。見た目ではないところで勝負したい場合は、仕事や趣味などで人間関係を紡ぎながら婚活をした方がいいのだろう。

「でも、僕も、特にかっこいいわけではないと思いますが」

「女性が求めるのは、かっこ良さではなくて、感じの良さですよ。太っていても痩《や》せていても顔立ちが整っていなくても問題ありません。笑顔と清潔感さえあれば大丈夫です」

「はあ」

「では、プロフィール作りを進めます。小野さんは、写真と証明書類を用意してください。それから、こちらでもマッチングする方を探していきますが、小野さんご自身でも、おうちのパソコンやスマートフォンで、会ってみたいと思う方を探してみてくださいね」

担当者はそう言って、面談を締めた。

妹子はその後、写真を撮り、収入や住所を証明する書類を用意して、婚活を進めた。

そして、その結婚相談所のサイトにログインして、たくさんの人の写真やプロフィールを眺めた。すると、疲れてしまった。勉強しているわけでも労働しているわけでもないのに、とにかく疲れる。人を選んだり人から選ばれたりする、ということが強いストレスになるのだろうか。サイトを見るだけでこんなに疲労を覚えるなんて、実際に会って関係を築いたらどんなにへとへとになるか、と怖くなった。

実際、担当者から「こちらのお二人はいかがでしょうか？」という連絡が来て、誘われるままに会ってみたら、本当にぐったりした。

まず、会った瞬間に品定めされていることが感じられ、次の瞬間に自分が落第したことがひしひしと伝わってきた。相手にとって、何かが違ったのだろう。最初の顔合わせは大きなビル内で担当者の付き添いのもとに行い、名前を紹介し合った。そのあと、割り勘でお茶を飲むように、と担当者に見送られた。

「どうしましょうか？」

二人きりになると、相手から聞かれたので、

「僕が知っている喫茶店ではどうでしょう？」

と、歩いて二、三分のところの、一回だけ入ったことがあるちょっと高級な店へと案内した。コーヒー一杯が八百円だが、相手は結婚するかもしれない大事な人なのだし、お見合いのようなものなのだから、素敵な店が良いのではないか、と妹子は思っ

たのだ。すると、その店の前に来た途端、

「あ、ここではなくて、さっき通り過ぎたベローチェではどうですか？」

とチェーン店の廉価なカフェへの変更を提案された。

失敗した、と気がついた。割り勘なのだ。安い店の方が良いに決まっている。

この人の態度から、結婚の可能性の低い相手に金を使いたくないのだということ、できるだけカジュアルに軽く済ませたいのだということ、とりあえず数をこなしていこうと頑張っているのだということが、なんとなく伝わってきた。

ベローチェに入って、コーヒーを手に向かい合う。経歴や収入や趣味は事前に見たプロフィールで知っている。質問があまり浮かんでこない。まったく楽しくない。それでも、食べ物は何が好きか、映画は何を観るか、といった無難な雑談を交わす。つらい時間を過ごしたあと、「じゃあ」と別れた。

二人目の人とは、最初からベローチェへ向かった。会話は同じような感じだった。修行のごとく耐えて時間を過ごし、「じゃあ」と別れた。

どちらのときも、別れたあとすぐに担当者へ、「今回はお断りしたい」という旨を伝えたが、おそらく、先方からも断られているだろう、と察せられた。

三回目に会ったのがみどりだった。みどりのことは、妹子の方から「この人に会ってみたいです」と担当者に頼んだ。

妹子は、前の二回でものすごくぐったりしたので、払った十五万円をふいにするのは痛いが、最後にもうひとりだけ会ったら退会してしまおう、と考えていた。最後のひとりは、担当者から「マッチングする」と言われる人ではなくて、自分で選んでみよう。自分のレベルに合う人だとか自分を受け入れてくれそうな人だとかといったことは考えず、会ってみたい人を純粋に選ぼう、と思った。

みどりのプロフィールは変わっていた。まず、写真が、真顔だった。たくさん並ぶ女性の中で、笑顔でないのは、みどりだけだった。とにかく、堂々と写っていた。それが不遜《ふそん》に見えるので、婚活ではマイナスだろうと思われた。担当者から指導されなかったのだろうか?

そして、年収が六百五十万円と書いてあった。「女性は年収を低めに書くものだ」という知識を妹子は持っていた。年収を実際よりも高く書くことは問題になるが、低く書くことは問題ないらしい。現代日本では、多くの男性が共働きの結婚生活を夢見ている。だから、きちんと仕事をしている女性に人気が集まるわけだが、とはいえ、収入が多過ぎる場合は、引いてしまう男性が多いという。自分よりも収入が多い女性だと、自信を持って生活が営めなかったり、価値観のずれが生じたりするのではないか、と不安になるのだろう。年収六百五十万円はものすごく多いというほどではないが、男性のプロフィールでも珍しく、妹子がぱらぱらといろいろな人のプロフィールを見た限りでは、男性の平均が四百万円くらい、女性が三百万円くらいのようだった。だから、みどりは意図的に堂々としているのだ、と思えた。

病歴の欄には、「摂食障害」の言葉があった。

条件という意味では、マイナスに感じられるところも多い。

でも、やる気がないわけではなさそうだ。というのは、趣味の欄に「読書」と書いてあり、続けてずらりと、好きな作家や好きな書名を並べていた。それから、アピールの欄に、「雨の日が好きです。雨の匂いをかぐと、『明日も頑張ろう』と思えます。雨の日の散歩を一緒にしてくれる人と出会いたいです」なんて書いている。

担当者は、すぐにセッティングしてくれた。

妹子とみどりは、やはりベローチェへ行った。コーヒーを持って向かい合う。

「小野常雄です」

改めて妹子が挨拶すると、

「大野《おおの》みどりです」

みどりはにっこり笑った。

「笑顔、素敵ですね。プロフィール写真では笑ってなかったけれど……」

妹子が気になっていたことを尋ねると、

「ああ、あれ。そう思いますよね。担当者にも怒られたんですよ。『笑顔は必須です』って。ただね、私、父親から、『女は愛嬌《あいきょう》』って言われて育てられて、うんざりしてるんです。そりゃあ、人間同士のつき合いなんだから、相手が心地良いと感じる雰囲気を作る努力をした方がいいと思いますよ。でも、それは男女、関係ないでしょ？『女は愛嬌』っていう言葉は燃やしたいし、性別を理由に笑顔を作りたくないな、って。だから、仕事では笑顔になるけれど、恋愛とか結婚とかのときに、笑顔でアピールはしたくないな、って。そう、私なりに考えた結果のあの顔なんです」

みどりはつらつらと喋った。

「あっはは。面白い考え方ですね」

妹子は手を叩いた。

「えへ」

「それと、収入を堂々と書いていらっしゃったのも、すごいと思いました。書店員さんって、稼げるお仕事なんですね」

「ああ……。いっぱいってほどではないですけれど、私は店長をやっているので手当が付くんです。あと、私、書店員をしながら、書評やエッセイなんかも書いているんです。勤務先の書店も応援してくれていて。だから、そういう、原稿料とか印税とかの副収入もあるんです。担当者から、『年収は低めに書いた方がいいですよ。お金目当ての人に言い寄られても困るでしょ?』って指導されたんですけれど、変だな、って思って。だって、男性は、堂々と高い年収を書いていますよね。しかも、年収の高さがアピールになると思っているんですよね。私は、年収でアピールしようとは思いません。でも、嘘をついて低めに書くなんて、したくないと思いました。悪いことをしているわけではないのに、なんで年収を隠さなきゃいけないんだろう、って。性別を理由に自分の長所や短所を決めて、出したり隠したりするのは嫌だな、って。収入は一所懸命に仕事をした結果だし、税金もちゃんと払っているし、堂々としたいな、って思いました」

みどりはマグカップで指を温めながら語った。

「そうなんですね。仕事で稼いでいるのは、とても立派です。堂々として欲しいです」

妹子は頷いた。

「小野さんは、新古書店で働いていらっしゃる？」

みどりが尋ねる。

「はい。アルバイトなんで、年収百八十万円です」

妹子は頷いてもじもじした。非正規雇用だし、収入も低いので、堂々としていいのかどうかわからなかった。

「どうして新古書店を選んだんですか？」

みどりは質問を重ねた。

「本が好きだからです」

妹子はまっすぐに答えた。

「あ、そうなんですか。私も本が好きです。私も、だから書店で働いているんですよ」

みどりは鎖骨の辺りを押さえた。

「でも、新古書店は新刊書店さんの敵ですよね」

妹子はうつむいた。新古書店は、作家や出版社に利益が還元されない流通を行っている。いわゆる古本屋なら、そういう流通でも、古い本を大事にする意識があったり、それぞれの本の良さを内容や装丁から判断して値段を付けて丁寧に売ったりしているので、「本を愛する行為」として本好きの人たちから好意的に受け止められる。でも、妹子の勤め先の新古書店は、本の内容にかかわらず、汚れのあるなしだけで買取を進める。発売されたばかりのきれいな本もそろえているので、新刊書店の本の売れ行きに打撃を与えているかもしれない。本を愛する人たちから目《め》の敵《かたき》にされがちだ。

「え？　そんなことないですよ。いろいろな形態の書店が進化していってこそ、多様な書店文化が育まれるんだと思います。共存したいな、って思います」

みどりは、熱い声で言った。

「僕は、毎日、書籍に触れるだけでも幸せなんです。本棚を整えているだけで、『ああ、本のある世界で生きているんだなあ』って、ふつふつと喜びが湧いてきます。アルバイトだし、収入は少ないけれど、僕はもともと、贅沢《ぜいたく》は苦手だし、コンビニで買った百円のでかいパンを食べたり、気に入った本を繰り返し読んだり、ユーチューブで面白い無料番組を見たり、近所を散歩したりするだけで幸せになれるから、たくさんの収入は要らないな、って思っているんです」

妹子が滔々《とうとう》と喋ると、

「素晴らしいですね。仕事の良し悪しは収入じゃないですよね。私は、正社員としてもフリーランスとしても働いていて、仕事っていうのはやりたいように自由にやるのが一番いいな、っていうのを思うようになったんです。小野さんは、仕事を楽しんで、生活も充実していて、とっても素敵だと思います。堂々として欲しいです」

みどりはにこにこと頷いた。

そうして、みどりと別れたあと、妹子は継続希望のリクエストを担当者に申請した。すると、みどりの方でもその申請をしてくれたみたいで、結婚相談所のサイトの中で、みどりとメッセージを送り合えるようになった。何度か遣り取りをして、次に会う約束を交わした。

二回目は、イタリアンレストランで食事をした。

「小野っていえば、妹子ですよね」

アマトリチャーナを食べながら、みどりがつぶやいた。

「遣隋使《けんずいし》」

妹子が応答すると、

「ええ、小野妹子《おののいもこ》」

みどりは頷いた。

「妹子って呼んでくれてもいいですよ」

妹子がペスカトーレに入っているムール貝の殻を退《の》けながら言うと、

「あはは、本当ですか？」

みどりは笑った。

そうして、妹子は妹子になったのだった。

妹子とみどりはデートを重ねた。

二人とも遠くに出かけるのがそんなに好きではない、ということがだんだんとわかってきて、おうちデートが主流になった。妹子はみどりに何度も手料理を振る舞い、みどりの家の風呂場の掃除をしたり、洗濯機の修理をしたりもした。

十五回目のデートは、傘を差してみどりのマンションの周りをぐるぐると歩くだけの散歩だった。小雨が街路樹の植わる土に降り注ぎ、異世界へのドアが開くような独特の匂いが湧き上がってきた。

「結婚しようよ」

紺色の水玉模様の傘をちょっと上げて顔を出し、みどりはプロポーズと思われる言葉を口にした。

「し、しよう」

妹子はびっくりして深緑色の無地の傘を取り落としそうになりながら頷いた。

「なんで驚いてんの？　結婚相談所に登録したんだから、結婚するために私と知り合ったんでしょう？」

緊張のために強張《こわば》っているだけなのかもしれないが、みどりはちょっと怒っているように妹子からは見えた。

「そうだよ。結婚しよう、結婚しようよ」

妹子は慌てて繰り返した。

「ほっとしたね」

みどりは顔を紅潮させたまま、傘の柄《え》をぎゅっと両手で握って深く息を吐いた。

「……あの、子どもについてはどう思う？　僕から先に言うと、僕は、子ども、欲しい」

「私も」

きちんと話し合ったことがなかったので、子どものことだけは聞いておきたかった。

みどりは頷いた。

「でも、みどりさんは仕事も頑張りたいんだよね？」

妹子は尋ねた。

「仕事も頑張るし、子どもも産むよ。当たり前だろ」

みどりは堂々と言ってのけた。

「そうだよね。やりたいことは何個でもやった方がいいよね」

妹子は頷いた。

「なんとかなるよ」

みどりは笑った。

「うん」

頷きながら、「とはいえ、一時的に仕事欲を我慢する必要はあるんじゃないだろうか。自分は主夫になるかもしれない」と妹子は靴のつま先が濡れていくのを見ながら考えた。今は、「仕事をしたい」と思っているという理由で子どもをあきらめる時代ではない。分業が進んでいるし、やりたいことは全部やれる時代だ。だが、みどりと妹子の世帯収入では、家事の外注やベビーシッターを頼むのは危険だ。みどりは書店の店長で責任も残業もある。営業時間内に執筆はしないと決めているとのことで、家で書き物をする。出産はともかく、子どもが小さい頃の育児はなかなか難しいのではないか。この先に何があるかわからないから、妹子も経済的に自立しているに越したことはないが、とはいえ、子どもが未就学の間だけでも、妹子が仕事を調整して育児の時間を作った方がいいのではないか。妹子も今のアルバイトはできたら続けたいのだが、みどりの方がより熱い思いを仕事に持っているようだし、自分は働かない期間を作ったところでキャリアが大きく変わるということもない。子どもがある程度大きくなってから復職するとして、もともとアルバイトで、復職後もアルバイトを希望するなら、そこまで大変ではないのではないか。正社員だったらブランクを作らずに働き続けることを模索する人が多いのだろうが、妹子の場合はそこまでではないような気がする。そもそも妹子は「育児をしたい」という欲望が強く、仕事を続けたくはあるが、自分の心を覗《のぞ》くと、仕事欲よりも育児欲が勝っているようにも感じるのだった。

二十回目のデートでは、健康の話になった。

「あのう、病歴のことは気になんない？」

妹子は、中華丼を食べながら尋ねた。白菜とキクラゲとマッシュルームとうずらの卵を入れて妹子が作ったものだ。

「ああ、妹子のプロフィールに書いてあったよね。結婚するとなると、きちんと向き合いたいし、サポートしたいよ。でも、妹子が話したくないことは、話してくれなくても大丈夫だよ」

みどりは真面目な顔で、とろりとしたあんをすくって食べる。みどりは食べっぷりが良く、みどりの前にあるものはなんでもおいしそうに見える。

「いや、そういうことでなくて。なんというか、条件が悪いというか」

妹子はスプーンを置いた。

「条件？」

みどりは首を傾げる。

「だって、健康で、借金がなくて、変な宗教に入っていなくて、見た目が悪くなくて、収入があって、学歴が高くて、経歴がきれいな人がいいんじゃない？　結婚するならさ」

「でも、そういう人だったら、甲斐《かい》がないよね」

「甲斐？」

「えっと、結婚するなら、『結婚して良かった』と相手に思ってもらいたいよね。結婚も人助けっていうか、『自分の存在って、相手のためになっているんだなあ』って感じたいところがあるよね。そう考えると、欠点というか、助け甲斐のある相手の方が、結婚して楽しいと思うんだよね。……こんな言い方、傷ついた？　あの、べつに、病気が欠点って思ってるんじゃなくてね。いや、私の言っていること、病気は欠点だっていう論理になっちゃってるか。いやいや、でも、その、とにかくね、世間的に条件が悪い、って捉えられることがある場合でもね、人間関係だからね、百点と百点を合わせようとかじゃなくて、低い点数同士で掛け算しようっていうかさあ……」

みどりも食べるのをやめ、身振り手振りを加えながら喋った。

「なんとなくわかるよ」

妹子は頷いた。

「私だって、摂食障害の経験があるんだよ。プロフィールに書いておいたから、知ってるでしょ？」

「『経験』って表現するってことはさ、みどりさんの場合は、もう治っているってこと？」

「うん、十代後半からダイエットにはまって、拒食と過食を繰り返して、大学一年生のときに食べ吐きをするようになってしまって、大学の心理相談室に通って薬を処方してもらったんだよ。で、そのあと、大学の文芸サークルに入って、文章に没頭するようになったら、自然と治っちゃったんだよね。薬も、『もう大丈夫でしょう』ってことになって、服薬は一年間くらいだったかな？　それで終わり。二十歳過ぎてからはなんの症状もない。今、ちょっとおデブだから、本当はもうちょっと痩せた方がいいのかもしれないけれどねえ。摂食障害を経験して、そのあと治ったという人は、適正体重に戻ることの方が多いっぽいから、私が今太っているのは、ただ単に、好きなものを食べて、運動をしていないからかもしれない。でも、自分を厳しく見ない方がいいかな、って。ここで体重を厳しく考えたら、また際限なく気になっちゃう可能性もあるし。バランス崩しちゃったら嫌だから、体型のことにはもう神経質にならなくていいかな、って。世界中の人間全員が適正体重の範囲内になるっていうのもおかしいでしょ？　多少の欠点は仕方ない、っていうか」

みどりは妹子の顔をまっすぐに見て、正直な気持ちを喋っているようだった。

「そうか。僕の場合はまだ服薬している。症状は、大人になってからは何もないんだけれどね。普通の生活しているし、たぶん、一緒に暮らしても、薬を飲んでいること以外、みどりさんが気になるようなことは何もないと思うよ」

妹子も真摯《しんし》に喋った。

「でもね、気になることがあっても大丈夫だよ。たぶん、私、うまくやれると思う。なんでも、話したいことは話して。助けるから、頼ってよ」

みどりは自分の胸を叩いた。

「いやあ、そんな、頼るなんて……」

妹子は頬を押さえた。

「男の人って、大変だよね。女の人よりも、体が大きくて強いイメージがあって、厳しいことを言われがちでしょ？　男の人に対する偏見ってあるよね」

みどりは話を続けた。

「う、うん」

妹子は曖昧に頷いた。妹子は性差というものを意識したことがそんなになくて男性特有のものなど子作りの他では気にならないと思って生きてきたから、「男の人って……」というセリフはあまりピンとこない。

「でも、相手が大きくて強いからって、何を言ってもかまわない、ってことはないと思うんだよね。だから、私、気をつけるね」

みどりは、また中華丼を食べ始めた。


そうして、お互いの親に挨拶し、役所に届けを出した。苗字《みようじ》は「小野」に統一することになった。

「僕が大野になろうか？」

妹子は提案したのだが、

「妹子が大野になったら、大野妹子になって、あだ名の意味が通らなくなるだろうが」

みどりが反対した。

「いや、あだ名は変えてもいいし……」

妹子は笑った。

「でも、せっかく『妹子』ってかわいいのに」

「かわいいか？　妹子」

「私、大野は飽きてきたところだし、大野より小野の方がかわいい気もするし、小野みどりにするから。体がでかいから、大きさはもう十分だ。苗字は小野にしよう。旧姓で働いている人も多いし、私も大野みどりのままで仕事しようと思うから、病院で呼ばれるときくらいしか変化ないかも。妹子の方が使うことが多いかもしれないし、慣れ親しんだ苗字のままがいいんじゃないの？」

みどりがそう主張して、みどりの戸籍上の名は小野みどりになった。

結婚式は端折《はしょ》り、みどりは写真が苦手なので記念写真も撮らないことにして、とにかく一緒に住もうということになり、新居の準備を進めた。どの辺りに引っ越そうかと相談しているとき、

「この先に、子どもが生まれるかもしれないでしょ？」

みどりが言った。

「う、うん。そうだよね」

妹子は緊張しながら頷いた。妹子は、「子どもが欲しい」という希望は言えるが、「子どもを持つ予定」といったフレーズには恐怖を感じた。自分の精子が元気かわからないし、子どもがそんなに簡単に授かれるかどうか自信がなかったので、タロウが生まれる前は、子どもの話題になるといつも少し緊張した。

「自然がいっぱいのところがいいんじゃないかなあ」

みどりの方は子どもの話題が怖くないらしく、手を組んで遠くを見る目つきをしながら、未来の育児に思いを馳《は》せた。

「じゃあ、東京の田舎の方から流れてくる野川という川の近くはどうかなあ？　前に、野川沿いを散歩したことあるんだよ。野鳥スポットで、珍しい小鳥も見られるし、野川公園とか武蔵野公園とか、いい公園もあるしさ」

妹子は軽い気持ちで提案してみた。

「いいね。早速、来週の休みに不動産屋を回ろう」

行動力のあるみどりはすぐに予定を組んだ。

そして、不動産屋を回って七件の部屋を内見し、野川から歩いて二分のところに位置するマンションの一階の専用庭付きの部屋を賃貸契約した。敷金礼金も家賃もみどりが負担したが、場所も部屋も妹子の意見の方が通ったので、不思議だなあ、と妹子は感じた。経済力がなくても、意見が通る。これが結婚というものなのか、と思った。


引っ越しをして、世帯主はみどりにして住民票の登録をした。苗字を変えたときに、クレジットカードや銀行などの名前の変更が思っていたよりも煩雑だったらしく、不満が溜《た》まったため、住民票は自分の名前を一番上に書いてうさを晴らしたいということなのだった。

誰が世帯主かなんて日常生活にほとんど影響はないが、選挙の投票所入場券なんかがみどりの名前宛てに届くので、少しだけ気が晴れたようだ。

そのあとタロウを授かり、妹子とみどりとタロウの三人暮らしが始まった。

妹子は、タロウが生まれる二ヶ月前に、新古書店でのアルバイトを辞めた。「産後はものすごく大変」という噂《うわさ》をよく聞いていたので、赤ちゃん用に部屋をしつらえて準備した。みどりは無事にタロウを産み、二人で喜んだ。みどりの産休が明けてからも、その頃はまだ液体ミルクは解禁されていなかったが、粉ミルクもあったし、電動搾乳器《さくにゅうき》もあったし、夜や朝はみどりが授乳して、タロウの栄養は特に問題なかった。哺乳瓶《ほにゅうびん》をタロウの口にあてがうのはものすごく楽しかった。自分の胸から乳が出ないのは残念だったが、文化や電化製品や食品の発達は目覚ましく、これからの時代では男の胸のコンプレックスはなくなっていくだろう、という予感がした。

主夫を一生やるつもりはない。タロウが小学生になったらまた働こうと考えている。とにかく、数年の間は、タロウと向き合うことを生活の第一義にしよう、と妹子は決めた。

そうして、タロウは赤ちゃんから子どもになり、幼稚園に通うようになって、妹子の主夫ぶりも板についてきたのだった。

「さあ、タロウ、明日の準備をしようよ」

妹子は、ブロックに夢中になっているタロウに声をかけた。

「あとでやる。今、ブロックで遊んでるのー」

タロウは首をぶんぶん振る。

「準備してから、遊ぼうよ。ほら、コップ屋さん、コップ袋にコップ入れてくださーい」

幼稚園の先生から「自分でお支度できるように、見守ってくださいね」と指導されているので、タロウは自分でコップ袋にコップを入れ、タオルを畳み、リュックサックのファスナーを開け閉めして、明日の準備をしなければならないのだが、すぐに他の遊びをしようとして、これだけのことなのになかなか進まない。見守るのはやってあげるよりもずっと時間と手間がかかる。

「ほら、タロウ。お父さんが作ってくれた、かっこいいコップ袋だよ。かがやきとはやぶさとドクターイエローがいるよ」

みどりも加勢して、コップ袋の布にプリントされた新幹線を指差す。

幼稚園への入園準備で、妹子は手提《てさ》げや上履き入れ、コップ袋や弁当袋などを手縫いで作った。コップ袋はヒモを左右に引っ張る巾着型《きんちゃくがた》で、幼稚園の先生が「右と左で違う色にしてあげると、わかりやすいようです」と言っていたので、緑と紫のヒモを通した。裁縫なんてあまりしない妹子なので、インターネットで型紙などを調べて苦労しながら作り上げたのだが、子どものいる幼馴染《おさななじみ》にあとで聞くと「そういうのはメルカリで買って済ませる人も多いんだよ。もっと時間を有効に使わなきゃ」と教えられた。下手な手芸に何時間もかけた自分は、やはり「時給かなりマイナスの男」だと思う。

それでも、タロウがコップ袋や弁当袋を喜んでくれたのは嬉しかった。

「コップ屋さんでーす」

やっとタロウは気分が乗ってきたらしく、コップを受け取ってコップ袋に入れた。

「ヒモをギュッて締めよう」

妹子はコップ袋のヒモを締める仕草をした。

「はーい。コップ屋さんがヒモを締めまーす」

タロウは緑のヒモを左手で、紫のヒモを右手で持って、ギュッと引っ張る。

「ヒモか……」

妹子はつぶやいた。

「何？」

みどりが聞き返す。

「いやあ、僕って、他人から見たらヒモって呼ばれる状態なのかな、って……」

妹子はぼそぼそと喋った。

「どうしたの、そんな変なこと……。ヒモだなんて……。そんな蔑視《べっし》の言葉、これまで、全然使ったことなかったのに、なんかあったの？　私は、妹子がヒモなんて思ったことないよ」

みどりは床に手をついて、妹子の顔を覗く。

「うん。いや、なんていうか、タロウと一緒に毎日、幼稚園に行くのに一時間、帰るのに一時間かけて、いろいろな人と雑談して、川や鳥を眺めて、僕はすごく小さな生活をしているでしょ？　金に繋がらない行為ばかり」

妹子は片膝《かたひざ》を抱えて話を続けた。

「ああ、大変だよね。小さなことの繰り返し」

みどりは頷く。

「違うんだよ。大変だ、って愚痴《ぐち》りたくなったんじゃなくてさ、雑談とか鳥とかの小さなことも大事なんじゃないか、って思ったんだよ。直接の収入にならない小さなことも回り回って社会を動かしているんじゃないのかな、って考えたの。世界の雰囲気作りっていうかさ。とにかくさ、小さなところへ小さなところへってことを続けていると、小さなところの先は大きなところに繋がっている、って思わないと、仕事のやりがいを感じられなくて、やってられなくなるんだよ」

妹子はなんだかいらいらして、つい声を荒らげてしまった。

「えーと、育児を仕事って思いたいんでしょ？　それはわかっているよ。私はヒモなんて思っていないし、他の誰かからヒモって言われたわけでもなくて、自分で『世間からヒモって言われる状態なんじゃないか』って勝手におどおどしているだけなんだよね？　小さなことが大きなことに本当に繋がっているかどうか、自信がなくなったの？　そんなばかなこと考えないで、堂々としなよ。妹子からしたら、稼いでいる人は自然と自信満々になれていいな、いつも堂々としているな、って思うのかもしれないけど、稼いでいる側だって、つらいんだよ。大黒柱の重みって、ずしっと肩に載るんだよ。私、本当は不安なんだ。ずっと養っていけるのかなあ、仕事を続けられるかなあ、妹子とタロウの将来を責任持って担《にな》えるのかなあ、って。『稼ぐよ』ってかっこつけちゃうけれど、内心はものすごく不安なんだ。妹子にはわからないだろうけど」

みどりは眉根を寄せた。

「あっそう。まあ、僕にはわからないだろうね」

妹子は少々ムッとしてしまった。みどりに悪気がないことはわかる。みどりだって、堂々と仕事をしようと思っていても、やはり世間からの圧力を感じるときがあるだろうし、育児や家事を夫に押しつけてしまっているという後ろめたさがどうしても湧くときがあって、主夫である妹子が不機嫌になると、自分が責められているような気分になるのだろう。そうして、「自分だって大変な中で頑張っている」と自己弁護をしたくなるのだろう。わかるのだが、受け止めるのは難しい。妹子にも容量がある。「稼ぐのが大変」という話をパートナーからされれば、妹子だってストレスを覚える。横目で見ると、タロウは一所懸命にリュックサックのファスナーを引っ張っている。タロウの前で卑屈なことを言ってはいけないと思いつつ、口が止まらなかった。

「とにかく、ヒモじゃないよ。主夫は素晴らしいよ。家事って経済活動じゃないけど、大事なことでしょ?」

みどりは妹子の肩を抱いた。

「うん……」

妹子がうつむくと、

「ヒモじゃないよー」

タロウが顔を上げて、強引に会話に参加してきた。

「ヒモじゃないの？」

妹子が笑いながら尋ねると、

「うん、ヒモじゃないよー。ヒモはー、コップ袋とかお弁当袋とかに付いている。妹子はー、お父さーん」

タロウはバンザイの恰好をした。

「じゃあ、お父さんって呼んでよ」

妹子がタロウのほっぺたをつつくと、

「ヒモって、なあに？」

タロウは今さらな質問をした。女性の経済力に頼って生活する男性を侮蔑《ぶべつ》を込めて

「ヒモ」と呼ぶのは、貝や海藻《かいそう》を採《と》る海女《あま》さんの腰に結んだヒモを船の上の男性が握っていることが由来らしいのだが、そんなことをタロウに説明しても仕方ない。

「コップ袋に付いているものだよ」

「これー」

「そうだよ。さあ、リュックサックに入れよう」

妹子が促すと、

「リュックサックがコップを食べます。あむあむ」

とタロウは言いながら、コップ袋をリュックに詰めた。


そのあと、みどりは風呂場へ向かった。タロウが三人で一緒に寝たがるため、みどりはタロウの就寝時間に間に合うよう、毎日急いで入浴したり寝支度したりする。一緒に早寝して、原稿仕事がある日は早起きする。

妹子は、みどりが風呂に入っている間に皿洗いを済ませ、洗濯物を畳む。タロウが生まれる二ヶ月前、妹子がアルバイトを退職したときに、小さな食洗機と旧型の洗濯乾燥機を主夫デビューのお祝いとしてみどりがプレゼントしてくれた。最先端の機種ではないが、かなり役立っている。丈夫で廉価な皿や衣類は食洗機や洗濯機の乾燥機能に任せるため、自分の手で洗う皿や洗濯機で洗ったあと外に干す衣類や手洗いする衣類は大事なものや繊細なものだけになり、量がかなり減った。主夫のいる家で、金持ちでもないのに、機械に頼っていいのか、という戸惑いも最初は感じて、

「なんだか、悪い気がしちゃうなあ」

妹子は頭を掻《か》いたが、

「えっと、奴隷根性で労働するのが主夫ってわけじゃないんじゃないかなあ」

みどりは否定した。

そのセリフを思い出しながら、洗濯乾燥機から出したみどりのパンツやタロウのパンツを畳む。どちらもユニクロで買ったもので、安かったから、機械任せの洗濯をしている。

高価な電化製品を用いたり電気料金を使ったりすることで時間を作ったり精神的余裕を得たりした妹子が、ばかみたいに散歩したり川や鳥について考えたりする。そんな風に、「労働」というものをしていないとき、妹子は小さな罪悪感を覚えてしまっていた。でも、たぶん、妹子はみどりに雇われているわけではない。だから、自分で決めていいことがいっぱいある。

何に金を使うか、どこに時間の余裕を持たせるか、それは主夫の仕事センスで決めていいことなのかもしれない。

もしかしたら、時給って、マイナスでもいいのかもしれないな、と気がついて、パンツを畳む手を止める。

「いいお湯でした」

バスタオルを頭にかぶったみどりが風呂場から出てきた。風呂釜で沸かした水道水に「いいお湯」も「悪いお湯」もないと妹子は思うが、まあ、ただの挨拶だろう、といつもスルーしている。

「ねえ、ちょっと今、思いついたんだよ」

妹子は考えたことを喋ってみることにした。

「うん」

みどりは髪の水分をタオルでわしわし拭き取りながら気のない返事をする。みどりはいつもカラスの行水で、髪の毛も適当にタオルドライする。

「あのさ、金をマイナスにするのも経済活動なんじゃないかな、って。消費も経済を動かしているわけだしさ。だから、家事とか雑談とかも経済活動ってことにならないかなあ……」

妹子はみどりの顔を見上げた。

「ほお」

感心したようにみどりがつぶやいたところに、ブロックで遊んでいたタロウがやってきて、

「これとおんなじ形の黄色いブロックを探して。こっちにも付けないといけないか

ら」

と妹子とみどりに交互にまとわりつき始めた。タロウは何やらごてごてした乗り物らしきものを作っていて、左右を同じ形にしたいようだ。ブロックで遊んでいると、集中して静かなときもあるのだが、そういう時間は長くて十五分くらいで、すぐに、「探して」だの、「手伝って」だの、いろいろと注文を持ってくる。

それで、妹子の出した話題はうやむやになった。

もう二十時近かったので、ブロックを見つけて満足させたあとは、急いで歯磨きをして、絵本を読んで、三人で布団に入った。


翌朝、妹子は四時過ぎに目を覚ました。いつもは五時に起きる。弁当を作るためだ。みどりは原稿仕事のある日は二時か三時、ない日は五時半に起きて、六時に家を出る。だから、六時までに第一弾の弁当を作り上げる。みどりの弁当袋には、昼食用の曲げわっぱの上に、朝食用のパンとバナナと野菜ジュースを載せる。朝食は、店で品出しをしたあとに食べるらしい。

タロウはみどりが出かけたあとに起きるので、その前までに第二弾の二人分の弁当を仕上げる。タロウのは、小さなおにぎりと、ひと口大の小さなおかずを、消防車の絵柄が付いたアルミ製の弁当箱に詰める。

妹子の自分用の弁当箱は、プラスティック製の二段弁当だ。弁当箱がプラスティックであることに、これでいいのだろうか、と妹子はちょっとした後ろめたさを感じている。ここ数年で、海を汚すプラスティックごみが世界的な問題になって、プラスティックごみを食べて胃をぱんぱんにさせて死んだ海鳥や、鼻にストローが刺さった海亀など、プラスティックの被害を受ける動物の写真をインターネットのあちらこちらで見かけるようになった。妹子には、どうしても野川の鳥や亀と重なって見える。プラスティックの食器を愛用している自分は主夫としてどうなんだろう、と思う。べつに、殊勝な心があるわけでない。ただ、自分の子どもというのが、タロウのことだけでなく、子ども全体のことではないのか、というようなプレッシャーがどうもある。

さらに、子どもというのが人間の子どものことだけでなく、生き物の子どものことでもあるのではないか、というような視線をなんとなく背中に感じる。いつか誰かから「未来を生きる子どもたちに、汚い海を引き継がせるんだねえ」「人間さえ良ければいいと思っているんだねえ」と責め立てられるのではないか、という変な恐怖があって、他人に弁当箱を見せたくない。とはいえ、妹子は弁当を家で食べていて、今のところは誰に見られるわけでもないから、まだ落ち着いていられる。

弁当を作る作業は好きだ。みどりの仕事の休憩時間を想像し、タロウの幼稚園の昼の時間を想像し、自分の昼だって大事な時間だと考え、ちまちまと詰めていると、喜びが湧く。みどりやタロウや自分を信じている、という気分になれる。

毎晩、タロウと一緒に早く寝てしまうので、五時に起きてもたっぷりと睡眠時間は取れている。慣れてしまえば、早朝に起きるのは大変ではない。

とはいえ、ふっと目が覚めたときに時計を見るとまだ四時五分で、あれ、なぜ目が覚めたのだろう、いつもは目覚ましで起きるのに、と不思議に思った。

すると、掃き出し窓の向こうから、がさごそと音がする。

そうか、この気配で目が覚めたのか。

妹子とタロウとみどりは和室に布団を敷いて川の字に寝ている。枕は窓側に並べている。窓の向こうは庭だ。新居選びで不動産屋を回ったとき、育児をする可能性を考慮して、子どもの落下の心配のない一階の部屋を希望し、この部屋を内見した。専用庭があって花や野菜が育てられそう、ベビープールを置いて遊べそう、と一発で妹子もみどりも気に入った。

妹子は起き上がり、窓の方を見る。カーテンがうっすらと明るくなっているが、まだ朝の明るさではない。

そして、カーテンの下部には、丸い影がある。がさごそという音や息遣いが聞こえる。

タヌキだ、と妹子は思う。冬に、よくタヌキはやって来た。道端や川沿いでも見かけたが、この庭でも見た。大抵はつがいで、朝方や夕方にうろうろしている。餌が少なくなる寒い時期だけ、人間への恐怖心を乗り越えてやって来るのだろう、と妹子はタヌキの心を想像していた。

だが、今は五月だ。前にタヌキについてインターネットで調べたとき、東京の住宅街に出現するタヌキが増えているということを知った。やはり「冬によく現れる」とあって、子育ての季節である五月はあまりうろうろしないようだった。しかも、こんなに暑い五月だ。不似合いに思える。でも、この影の形や気配は絶対にタヌキだ、と妹子は思う。

そうっと動き、カーテンを開けた。窓のすぐ近くに丸まっていた。これまでに庭に訪れたタヌキは大概、庭の奥の方に二匹でいた。そうして、人間の視線に気がつくとすぐに逃げてしまった。でも、このタヌキは窓の前で孤独に丸まっていて、妹子に見られてもまったく動じない。大きさは猫より少し大きいぐらいで、尻尾が太い。掃き出し窓の真ん前で、足で背中を掻きながら、こちらをじっと見ている。どうも違和感がある。……本当にタヌキだろうか？　モコモコ感が少ない。フォルムが細過ぎる。

毛がかなり薄い。荒れた肌が見える。

「妹子ー」

タロウが起き上がった。目が覚めてしまったらしい。タロウは妹子の動向に敏感で、妹子が起きたときに一緒に起きてしまうことがよくある。だから、いつもはとても慎重に妹子は布団を抜けるのだ。

「静かにね」

妹子は自分の口に人差し指を当てた。

「誰?」

タロウは心持ち声を小さくしながら、妹子の横に来た。

「タヌキさんがいるよ。でも、近づき過ぎると逃げちゃうからね」

妹子は教えた。

妹子とタロウは二人並んで、しばらくタヌキを見つめた。

逃げないので体をじっくり観察できた。背中の毛がかなり少なく、ちょっと血が滲《にじ》んでいる箇所もある。痩せて、骨の形が浮き出ている。「違和感は病気だからだ」と気がつき、胸がどきどきしてくる。おそらく、皮膚病《ひふびよう》だろう。足で背中を掻き続けているのは、痒《かゆ》いからに違いない。

「タヌキ、なんて名前なの?」

タロウはタヌキが病気だなんて露ほども思わない。笑顔でタヌキを見つめている。

「名前があるの? なんていう名前?」

質問返しをすると、

「タヌだよ」

タロウは嬉しそうに呼んだ。タヌキの名前がタヌというのはかなり安易だが三歳児の命名に深さを求めるのも酷だろう。

「タヌか……。タヌ、おはよう」

とりあえず、小さい声で同調する。

タロウを怖がらせてはいけない、と考え、枕元に置いておいたスマートフォンを取って後ろを向き、こっそり検索した。「タヌキ」「皮膚病」「東京」などの言葉を検索窓に打ち込み、出てきた画像を見る。タヌに似た画像がたくさん出てきたので、疥癬《かいせん》という病気だろうと推察できた。ネット記事にも個人ブログにもいろいろ書いてあり、この病気を患うタヌキの目撃情報がここ数年で都内で激増しているみたいだ。野生動物なので、捕獲は法律に反する行為になるらしい。そして、「治療をする、という考えは、人間の傲慢《ごうまん》な思考だ」という指摘がある。「感染《うつ》るリスクがあるため、絶対に近寄ってはいけない」というアドヴァイスもある。自治体の野生動物窓口への連絡を促す記事もある。中には、独断で動物病院へ行き、獣医師にタヌキの大きさを伝えて薬を処方してもらい、食品に混ぜて外に置いておいた、という経験を綴《つづ》ったブログもあった。

妹子は憂鬱《ゆううつ》になった。おそらく、人間によって環境が破壊されてタヌキの棲家《すみか》や食料が減り、体が弱った結果、病気が蔓延《まんえん》することになったのだろう。人間に責任があるのに違いない。でも、自分にできることなんてないだろう。タヌキの病気のことなんて、知らないでいられればどんなに良かったか……。

ぐーぐー寝ているみどりの顔をちらりと見る。みどりは襖《ふすま》の方を向いて、くの字に体を曲げている。ここ二週間ほど二時起きで原稿仕事をして睡眠不足だったのが、やっと昨朝にその仕事の区切りがついたらしい。久しぶりに長く眠れる朝のようなので、起こすのは忍びない。寝かしておいてあげよう、と妹子は考えた。

「タヌにごはんをあげたい」

タロウが言った。

「あ、タヌはお外の動物だからねえ、触っちゃいけないんだって」

妹子は説明した。

「触んないけど、サンドウィッチをあげる」

とタロウは言い出し、オモチャのサンドウィッチをゼリーの空きカップに入れて持ってきた。そして、掃き出し窓の前に置いた。ああ、ママゴトか、と妹子はタロウの様子を傍観した。

タヌキは、タロウが近づくと、窓の向こうで立ち上がった。そして、ゆっくりと去った。

「行っちゃったね」

妹子はつぶやいた。

「タヌ、行っちゃった」

タロウは残念そうだ。

「さ、まだ早過ぎるから、もう一度寝よう」

妹子はタロウを抱っこして布団に押し込んだ。

「もう、起きる」

タロウは寝ようとしない。

「今起きたら、幼稚園行ってもすぐ疲れちゃうかもよ」

妹子はなだめようとしたが、

「起きる」

とタロウは繰り返す。

「どうしたの？」

やがてみどりも起きた。

「タロウが起きちゃって」

妹子は苦笑いした。

「なんで？」

「タヌキがさっき来て」

「タヌキ？　五月に珍しいね」

みどりは目を擦《こす》る。

「うん。……さ、僕はもうお弁当を作り始めないと。みどり、タロウを寝かしてくれる？」

病気のことまでは言わなくてもいいような気がしたので、妹子はキッチンへ向かった。すると、

「タロウも」

とタロウもついてきてしまう。

「タロウはもうちょっと寝ようよ」

みどりがなだめて寝かそうとしてくれたが、タロウはやっぱりもう寝てくれなくて、料理をする妹子や、出社準備をするみどりのあとをついて回り、朝からはしゃぎ倒した。幼稚園に行く時間の直前に眠そうな顔をして静かになったので慌てたが、なんとか外に出ると、眩しい日差しの下でまた元気を取り戻し、野川の河川敷をチョウチョウやテントウムシと共に歩いた。


最近のタロウは花や虫に関して細かいことを言うようになった。数ヶ月前までは、ただ、「お花だ」「虫だ」と言っていたのだが、幼稚園の行き帰りにゆっくりと花や虫を見るようになって表現が変わった。虫はいつも擬人化される。花は擬人化されないが、「ピンクだ」だの「小さい」だの、色や形状をしきりに言う。個性を見分けたい気持ちが強くなってきたのかもしれない。タヌキの名づけもしたがったし、名前というものにも興味があるみたいだ。大きなカテゴリーで見る時代は終わったのだろう。

「ツノがいっぱいのピンクのお花があるー。タロウ、この花、好きー」

そんなことを喋って、はしゃぐ。

家から幼稚園へ向かうとき、まずは土手を降りる。その斜面に、レンゲソウやシロツメクサが咲き乱れている。タロウはレンゲソウを指差していた。

「かわいいねえ」

妹子もレンゲソウを愛《め》でる。

「あ、黄色黒の、でっかいチョウチョウが、二人で飛んでるねー」

タロウは空中を行き交うチョウチョウを指差す。

「本当だ」

妹子もアゲハチョウを見上げる。

「あ、三人になった。『僕のおうち、こっちだよー』って、このチョウチョウが言ってる」

　タロウが新しく現れたチョウチョウを指差す。

「そうかもしれないね」

　妹子も頷く。

「赤黒テンテン、テントウムシ、ねんねしてる。こっちに、黒黄色テンテンの虫もいる」

　さっとしゃがんで、今度は草の葉の上にいるテントウムシを見つめる。

「本当だ、葉っぱの上でじっとしているね。横にいるのは、テントウムシの幼虫だね」

　妹子も眺める。

「テントウムシ、疲れちゃったんだ」

　タロウはつぶやいた。

「このピンクの花はねえ、レンゲソウだよ」

妹子は教えてみた。

「レンゲソウだよー」

タロウは真似をする。

「あのチョウチョウは、アゲハチョウだよ」

妹子は虫の名も教えてみた。

「アゲハチョウだよー」

覚える気があるのかどうかはわからないが、タロウは妹子の言葉をとりあえず繰り返す。

「このテントウムシは、ナナホシテントウだよ。横にいるのは、たぶん、ナナホシテントウの幼虫だよ。幼虫っていうのは、子どものこと。こっちの子は、まだ大人になっていないんだね」

妹子は説明する。

「ナナホシテントウだよー」

「うん」

「じゃあ、このお花、なあに？」

タロウはオレンジ色の花を指差した。

「え、なんだろうね、お父さんも知らない」

妹子はしゃがんで一緒に眺めた。

「変なのがある」

実の部分を触ってタロウが笑う。実は花よりも高く伸びていて、先っぽがシャワーヘッドみたいな妙な形をしている。

「確かに、変な形だね」

妹子も触ってみる。まるでカンブリア紀の古生物のようなユーモア溢れる佇まいだ。シダズーンという謎の生き物の形にちょっと似ている気がする。

「お父さんも、このお花の名前、わかんないんだねー」

タロウからことさらに言われると残念な気持ちになる。

「じゃあ、おうちに帰ったら、図鑑で調べてみる？」

妹子は、その花の姿形を脳裏に焼き付けた。


その日、幼稚園が終わったあと、家に帰って、『地球博物学大図鑑』という図鑑のページをめくってみた。石も植物も動物も載っている大きな図鑑だが、さすがに雑草までは網羅していない。

「これじゃない？」

とオレンジ色の似たような花をタロウが指差すが、花びらの数や茎の長さが違うのが妹子にはわかり、

「ちょっと違うね」

と首を振る。だが、

「これじゃない？　おんなじ」

タロウは繰り返す。

おそらく、細かさに関して発展途上のタロウには、まだ細部がはっきりとは見えないのだ。似た雰囲気のものを「おんなじ」と言う。

世界を広げることを成長と呼ぶのだとこれまでの妹子は思っていたが、世界を細分化するのも成長なのかもしれなかった。そう考えると自分も救われる。子どもが生まれてからますます自分の世界が小さくなったことにしょげていた。アルバイトをしていたときだってまあまあ小さかったが、美術館にも映画館にも行けたし、カフェにも入れたし、思いつきで電車に乗って適当なビジネスホテルに泊まるひとり旅もしょっちゅうできた。でも、今は美術館も映画館も久しく行っていないし、三歳児を連れての外食はファストフードでも億劫《おっくう》だ。妹子は、自動車も電動自転車も持っていない。子連れで公共交通機関を利用すると、周囲へ迷惑をかけないように緊張して疲れるので、つい出不精になる。旅行は、もう一年ほど行っていない。海外旅行なんてもってのほかだ。しかし、友人たちにたまに会ったり、ラインで遣り取りしたりしていると、派遣社員の友人でも、フリーターの友人でも、年に一回ぐらい海外旅行をする人がほとんどのようだ。それなりの会社の正社員になっている友人は、仕事で海外に行くこともしている。妹子は八年前に二泊で台湾旅行をして以来、海外には行っていない。自分の世界はみんなに比べてかなり小さい。でも、もしかしたら、むしろこのまま小ささを極めて、細分化していく道を進んでもいいのかもしれない。

十八時になるとみどりが帰ってきた。タロウが雑草の名を知りたがるがうちにある図鑑では調べられなかった、ということを妹子が伝えると、

「ああ、じゃあ、雑草専門の図鑑を買ってきてあげるよ。有名どころがあるから。それでどんどん雑草を調べたらいい」

みどりは請け合った。

そうして翌日、『散歩で見かける草花・雑草図鑑』という小さな図鑑を自分の店で購入してきた。

早速ページをめくってみる。

「あ、これだ。ナガミヒナゲシ」

妹子は指差した。タロウが「このお花、なあに?」と言っていた、シャワーヘッドみたいな実がなる、オレンジ色の花だ。

「本当だ。野川にあったねえ」

タロウも頷く。

「タロウ、よく覚えているねえ。このナガミヒナゲシ、野川で咲いていたねえ」

妹子はタロウの肩を抱く。

「この変なのあった」

とタロウは実の部分の拡大写真を指差す。

「あったねえ。よく覚えているねえ」

妹子は再度頷く。図鑑の注釈を読むと、どうやら、実の部分が長いことから、ナガミヒナゲシという名づけが行われたらしい。

「ナガミヒナゲシー」

タロウは、魔法の呪文のように、花の名を言う。

「あ、これも、タロウが『このお花、なあに?』って言っていた花だ。ハルジオン」

黄色い丸に白い糸みたいなものが放射線状に付いている花の写真を妹子は指差した。

「本当だ。野川にあったねえ」

タロウもにっこりする。

「よく覚えているねえ。あ、でも、どっちだろう? ヒメジョオンなのかな? ハルジオンとヒメジョオンっていう見た目がそっくりな二種類があるんだけど、ハルジオンの茎の中は空洞で、ヒメジョオンの茎の中は詰まっているんだってさ。今度、ちょっとだけ茎を折って、空いているか詰まっているか、見てみようか?」

と妹子が図鑑に書いてあることを伝えると、理解できたのかはわからないが、

「うん」

タロウは頷いた。タロウから「このお花、なあに?」と聞かれたとき、これは貧乏草だ、と妹子は最初に思った。子どもの頃の妹子は、そう呼んでいた。でも、正式な

名称ではないだろうし、貧乏なんて言葉を言っていいのかな、と変なモラルの基準が浮かんできて、「なんだろうね。お父さんもわかんないなあ」とごまかしてしまった。オオイヌノフグリのときもそうで、「このお花、なあに?」と聞かれたとき、オオイヌノフグリというのは下ネタなんじゃないか、という気がして言《い》い澱《よど》み、「なんだろうね」とお茶を濁した。子どもといると、変なモラリストみたいになってしまい、「つまらない人間になったな」と自分にがっかりすることもよくある。

コヒルガオ、イヌムギ、カラスムギ、カタバミ、ムラサキカタバミ、エゾノギシギシ……、数日かけて図鑑で調べ、どんどん覚えていった。

タロウはこの図鑑が気に入り、幼稚園の行き帰りに花を見つけては、「このお花も調べよっか?」と指差す。「じゃあ、写真を撮っておこう」と妹子はスマートフォンを取り出す。記憶で調べようとすると不確かになるし、タロウとヴィジュアルを共有できない。だから、あとで調べようと思う花は、スマートフォンのカメラで撮影することにした。タロウは喜び、「あれも撮って」「これも撮って」としきりに言う。それで、通園にさらに時間がかかるようになった。これまで、朝は幼稚園の開門の一時間前に家を出ていたが、一時間半前に出るように変更した。

写真を撮ると、色も形もはっきりとわかる。隣の人や、未来の自分と、ヴィジュアルを共有できる。だが、タロウが少ない語彙《ごい》で、「あ、お花の中にトウモロコシがある。ほら、白い花びらみたいなのの真ん中に、トウモロコシみたいなの、ある。ハートの形の葉っぱ、ある」「紫黄色テンテン黒のチョウチョウ、なあに?」と色や形を強引に表現するのが面白かったので、写真は便利ではあるが、面白さは減るようにも思った。

また、写真だけで植物の種類を調べられるアプリもあって、撮影したものをアップすれば、「これではないですか?」と名前を示唆される。かなり便利だが、図鑑の方がタロウには認識しやすいみたいだったので、どうしてもわからない場合にだけアプリを使用することにした。

この「雑草調べ」は時給マイナスいくらなのだろう？　書籍代や、スマートフォンの通信費などがかかっている。「時給かなりマイナスの男」の道まっしぐらだ。妹子は、小さい世界へと突き進んでいる。

たぶん、みどりは仕事をしながら、広い世界へ向かっている。仕事をする多くの大人が、世界を広げる努力をしている。でも、小さい世界へ向かうことでも人間は成長するならば、その方向を示す大人だっていた方がいい。もしかしたら、自分にその役割があるのではないか？

時給はマイナスになってもいい。世界を広げなくてもいい。花や鳥やタヌキと、主夫としてつき合っていってもいい。生活の中に入り込んでくる雑務を家事と呼ぶならば、植物や生き物とのつき合いも家事と呼んでいいのかもしれない。

五月を盛り上げてくれるのはツツジだ。最盛期は過ぎたが、濃いピンクに白い縞が少し入っているツツジの花が、公園を囲む生け垣でまだ咲いている。土曜日、幼稚園は休みで、みどりの休日は日曜と隔週土曜なのだがこの日は出勤日だったので、妹子はタロウと二人で過ごした。図書館にでも行こうか、と考えていたが、起きてすぐに「お散歩行く」とタロウがはしゃぎだしたため、とりあえず、マンションから歩いて五分のところにある小さな公園にやって来た。タロウは滑り台を二回滑ったあと、地面に落ちているツツジの花を拾って、

「お花屋さんでーす」

と石段に並べ始めた。

「くださーい」

妹子は手を出した。

「百円でーす」

タロウは元気に言う。

「はい、これです」

妹子は金を渡すフリをする。

「はい、どうぞー」

タロウはツツジの花をひとつ、妹子の掌に載せてくれた。

そのとき、生け垣の奥でがさごそと何かが動く気配がした。妹子はしゃがんで、ツツジの木の下を覗き込んでみる。すると、何かの目と視線が合った。

「あ」

妹子は思わず大きな声を出した。目の持ち主が生け垣から抜け出し、タッタッタと走り出した。

「タヌだ」

タロウは叫んだ。

「……本当だ、タヌだ」

妹子は頷いた。十日ほど前の早朝にマンションの庭にいたのと本当に同じタヌキかどうかはわからないが、背中の毛が抜けていて、地肌から少し出血していて、似ている。疥癬を患うタヌキであることは間違いない。

タヌキは途中で立ち止まって振り返り、タロウと妹子の顔をチラッと見たあと、公園の端っこをタッタッタと走り抜けて、反対側の生け垣の下に消えた。

タロウと妹子はタヌキを追いかけ、タヌキが消えた辺りにしゃがみ、生け垣を覗き込んだ。しかし、もうタヌキは見当たらなかった。

「いなくなっちゃったね」

タロウは残念そうにつぶやく。

「この辺りに棲んでいるのかな?」

妹子は膝を払って立ち上がり、周囲を見渡した。

少し行けば川があって、東京にしては自然が残っている土地だが、ここはマンションや一戸建ての家が並ぶ住宅街だ。どうやって暮らしているのだろう?

そのあと、タロウと妹子はバスに乗って図書館へ行き、図書館に併設されているパン屋でパンを食べ、絵本を読んだ。

タロウの相手をしながら、妹子は心の内でタヌキのことを考え続け、「気になるし、動物病院へ相談しに行こう」と決めた。

動物病院に行く、ということは、費用がかかる。「時給かなりマイナスの男」にまたなるわけだが、「どういうところで消費をするか?」で主夫の力量を試される。妹子としては、動物病院で消費したい。

日曜日はタロウとみどりと共に、子ども向けのジャズコンサートを駅前のホールに聴きにいった。一時間の簡単なコンサートだった。その合間、妹子はみどりに、「またタヌキを見かけた」という雑談をしたが、病院に行こうという考えは話さなかった。自分の範疇《はんちゆう》だと思ったので、みどりには相談せずに行動することにした。


病院は、月曜日に行った。

通園路の途中で、河川敷から階段を上がり、車道を進む。その車道沿いに小さな動物病院がある。ペット禁止のマンション住まいゆえ動物を飼っていない妹子なので、これまでは関係のない施設としてスルーしてきたが、とうとう関係ができるかもしれない。

タロウを幼稚園に送っていって、その帰りに寄る。

受付で事情を説明し、待合室で待つ。朝一の時間帯だが、妹子の他に、犬を連れた人が二人、猫を連れた人がひとりいた。

しばらくすると、

「小野さん、どうぞ」

と呼ばれた。

医者は、やけに背筋のピンとした人で、黒縁メガネをかけていた。

タヌキに二回遭遇した話と、インターネットで読んだ記事の説明をしたあと、

「そういうわけで、自分としましては、薬を処方していただきたいんです。できたら、あのタヌキに飲ませてあげたいんです。タヌキの大きさは、……これくらいです。菓子パンかウィンナーかなんかに潜《ひそ》ませて、皿の上に載せて、庭に置いておきます」

妹子は自分の希望を伝え、タヌキのサイズを両手で示した。

「そうですか……。ただですね、タヌキは野生動物だということを考えないといけません。野生動物には人間とは違うルールがあって、『死ぬ権利』みたいなものも持っています。それを人間の考えで阻害してはいけないと私は思うんですね。淘汰《とうた》、という考え方もあります。小野さんの優しいお気持ちはわかります。自分も動物相手の医療をする者として、そんな風に動物を思って行動してくれることにお礼を言いたいです。しかしながら、私としましては、薬の処方はできません。体の大きさは、ちゃんと見ないとはっきりとはわからないですし、見ていない動物に薬を処方するのは難しいんです」

医者は妹子の話をじっくりと聞いたあと、そのように結論を出した。

「そうですか……」

妹子は頷いた。ほっとしたような、不満なような、複雑な気持ちだった。

会計は、初診料千円と診察代五百円で、計千五百円だった。財布から二千円出し、お釣りに五百円もらう。

ひと仕事終えた気分で、ガラスのドアを押す。外気はむわっとしていた。湿度が高いのかもしれない。

タロウがいないときは、河川敷から階段を二十段ほど上がったところに河川敷と平行して作られているアスファルトの道路を歩いて帰る。舗装された道路は地面に比べて格段に歩きやすい。

歩きながら、考える。もしも薬をもらったら、訪れが再度あるかどうかわからないタヌキに対してやきもきしながら、服薬を促す努力をしなければならなかった。そうなると、妹子の負担が大きくなる。それがなくなったということで、ほっとする気持ちが湧く。でも、本当にこれでいいのか？　自分とタヌキの間にはもう関係があるのではないか？　人間が居場所を奪って、タヌキの棲みにくい環境を作っているから、病気のタヌキが増えている。すでに影響を与えてしまっているのに、相手が死にそうになったら、相手に「死ぬ権利」があるから介入しない、と言い出すのは変ではないか？　主夫である自分にもっとできることはないのか？　そんな疑問を抱く。

家に帰り着き、洗濯をしたあと、自分の弁当を食べた。箸《はし》を動かしながら、庭の方へ目を遣る。

時給について考える。タヌキに関しては、時給いくらだっただろう？　病院にいたのは一時間くらいだったので、「時給マイナス千五百円」か。ひと仕事で、千五百円を失う。ちょうどいいな、と感じる。何がちょうどいいのかわからないが、なんとなく、自分レベルの主夫が果たす仕事のマイナス報酬として、マイナス千五百円という額はしっくりくる。

ほうれん草入りの玉子焼きを嚥下《えんげ》して、「明日の弁当のおかずはなんにしよう？」と考えを移らせる。

幼稚園から帰ったタロウは、

「タヌのごはんだよ」

とオモチャのサンドウィッチをゼリーの空きカップに入れて掃き出し窓の前に置いた。公園で再度タヌキを見て、ママゴト熱がまた刺激されたらしかった。オモチャのサンドウィッチは、お供えに似ていた。

夕方になり、みどりが仕事から帰ってきたので、動物病院に行ってきたことを夕食を作りながら簡単に報告した。

「おつかれさま」

みどりの感想はそれだけだった。

それから一週間が経《た》ち、タロウはタヌキのことを少しずつ忘れ、ママゴトもしなくなった。そして、雑草への興味を強めた。

「あ、ドクダミ」

タロウは白い花びらのようなものが四つ付いた花の大群を指差す。

「お、すごい。ドクダミを覚えたんだねえ」

みどりが手を叩く。今日はみどりの書店が入っているビルがメンテナンスを行うらしい。珍しく平日が休みになったみどりが一緒に幼稚園まで行くことになった。みどりが送り迎えをするなら、妹子は休んでもいいのだが、三人で川沿いを歩くということは久しくやっていなかったので、散歩がてら妹子とみどりの二人でタロウを送っていくことにした。

「タロウ、ドクダミ、好きー」

タロウは花に顔を近づけ、ドクダミを愛でる。

おどろおどろしい語感で損をしているが、ドクダミはよく見るとかわいい。タロウが言うところの「トウモロコシみたい」な花序《かじょ》も、「ハートの形」の葉っぱもいい。野川のあちらこちらにあって、数がものすごく多い。レアキャラではないからなかなか目がいかないが、もっと注目して愛さなければならない、と妹子は主夫として身を引き締める。

「あ、このお花も調べよっか？　写真撮って。あ、あのお花も」

タロウはひとところにとどまったまま、どんどん花を見つけて、ちっとも歩かない。

「うん、でも、そろそろ行こうよ。幼稚園の帰りにまた見よう」

妹子は歩くように促す。

「いやだ、写真撮って」

タロウが地団駄を踏む。

「はい、撮ったよ。さあ、行こう」

妹子は仕方なくスマートフォンを取り出し、さっと写真を撮る。

「ほら、向こうに小鳥さんいるよ」

みどりが遠くを指差す。

「あ、本当だ」

タロウは小鳥に気を取られて走り出す。ハクセキレイと思われる白と黒の模様の小さい鳥は、タロウが近づくとぴょんと飛び上がって少し離れ、さらにタロウがかけ寄ると、パタパタと飛んで木の枝にとまった。

「飛んでっちゃったね」

妹子も追いかける。

「小鳥がいたから、小鳥の歌を歌って」

タロウが、目の前のものの歌をせがむのはよくあることだ。「チョウチョウがいたから、チョウチョウの歌を歌って」「アメンボがいたから、アメンボの歌を歌って」などと言うわけだが、そんな歌はない、という場合もよくある。でも、「アメンボ、アメンボ、足がつーい」など、適当な節で繰り返せば、大概は満足してもらえる。

「ことりはとってもうたがすき。とうさんよぶのもうたでよぶ。ぴぴぴぴぴ」

小鳥の歌は知っていたので、妹子は歌いながらタロウの手を取り、できるだけ歩みを速めようと試みた。

「こういう朝の散歩もいいもんだね。豊かな時間っていうかさ」

みどりが眼前に垂れ下がる桜の枝を避けながらタロウと妹子を追いかけてくる。

「そう、時給がマイナスなのも悪くない。こないだ、タヌキのことで動物病院へ行ったじゃんか？　そしたら、費用が千五百円で、『時給マイナス千五百円の男』はしっくりくるなあ、って思って……」

妹子はみどりを振り返った。

「そうか」

みどりは頷く。

「ねえ、みどりって時給に換算するといくらくらい？」

ふと思いついて、妹子は尋ねた。

「え？　妹子みたいに、『時給いくらいくらの女』って言うの？」

みどりはちょっと怒った顔をした。

「いやあ……。みどりは月給とか原稿料とかだろうけど、時間で割るとどうなるのかな、って。ごめん、変なこと聞いて……」

妹子は頭を掻いた。

「私は、稼いでいることを隠しはしないし、稼がないと家族を養えないっていうプレッシャーを感じているけどさ、金のために仕事をしているつもりはないよ」

みどりはきっぱりとした声で言った。

「そうなの?」

妹子は首を傾げた。

「私はさ、自分の店だけが儲かればいいとは思っていないから。書店業界全体の底上げをしたいし、書店文化を盛り上げたいし、読書シーンを面白くしたい。だから、お店の仕事だけじゃなく、おすすめの本のレビューを書いたり、書店員の仕事を紹介するエッセイを書いたりしているし、飲み会とか読書会とかに参加して他の書店の人との繋がりも大事にしているつもりだし。それこそ、新古書店とか、図書館とかとも繋がりたいと思っているからね」

みどりは続けた。

「あ、それだ、それだ。僕もそれがしたいのかも」

妹子は人差し指を前方に出した。

「主夫の？」

みどりは怪訝《けげん》な顔をする。

「そう、そう。自分の家族を幸せにするって仕事だけじゃなくって、そんな業界あるのか知んねえけども、主夫業界の底上げをしたいし、主夫文化を盛り上げたいし、世界を良くしたい。だから、そういう仕事をしているときに、やりがいを感じるわけだ」

「うん」

「直接、金を稼いでいないことに引け目を感じていたけど、そんなの良くないよな。これからは、やりがいを感じる仕事をしたときは、もっと堂々としようかな」

妹子はひとりで頷いた。

「ああ、それって、女の人の主婦の場合も同じだよね。というか、そもそも、シュフの漢字を性別によって書き分けるの、変かもね。看護婦とかスチュワーデスって言葉をやめて職業の名前を統一しようって時代なのにさ。母と父を分けるのもねえ。育児っていう同じ仕事をしてるのにね」

みどりは主婦と主夫について喋って、笑った。

「そうか。じゃあ、あと十年もしたら、主夫って言葉はなくなるのかなあ。でも、まあ、今は主夫って言っておこうかな」

妹子は額に手を当てながら言った。そのとき、

「あ、怖い」

タロウが急に立ち止まった。向かいから来る犬を見つめている。

「おはようございます」

妹子は犬の飼い主に頭を下げた。毎朝この辺りで会う、ベージュの中折れ帽をかぶって、ポケットのたくさん付いたフィッシングベストのようなものを羽織った人だ。白い無精《ぶしょう》ひげを生やしている。

「おはようございます」

みどりは初めて会うはずだが、知ったような顔で挨拶する。

「おはようございます。……怖いよねえ、ごめんねえ」

犬の飼い主がしゃがんでタロウに目線を合わせる。

「怖い」

タロウはもう一度言って、犬から離れようとする。犬はとても小さいトイプードルで、ピンク色の服を着ていて、まったく怖そうではない。少し前まで、タロウはむしろ犬好きのように見えていたのに、どうしたのか。以前は、友人の家で飼っているビーグル犬を撫でて、ジャーキーを手で持って食べさせてあげることもできたのに、突然犬嫌いになったのだろうか。

「怖くないよ。かわいいよ、かわいい」

妹子は飼い主に向けて何かフォローをしなければ、と焦ったが、かわいいという言葉しか出てこなかった。

「犬に見えるでしょ？　この子、鹿《しか》だよ」

犬の飼い主が冗談らしきことを言ったので、

「あはは」

妹子はなんとなく笑ったが、

「鹿？」

みどりはまったく面白くなかったようで、真顔で聞き返した。

「怖い。べーしてる」

タロウはつぶやいた。どうやら、ハッハッと舌を出している姿に恐怖を感じるようだ。確かに、息を荒くして舌を出している表情はちょっと怖い。小型犬はかわいい、という固定観念があったので、表情が怖いときもある、というのは発見だった。

「暑いから、犬さん、舌を出して熱を逃がしているんだよ」

妹子は説明したが、タロウにそんなことが理解できるとは思えなかった。

「ごめんねえ。……ああ、この辺、キショウブがいっぱい根付いちゃってるねえ」

犬の飼い主はもう一度タロウに謝ったあとで立ち上がり、妹子に向かって別の話題を繰り出した。

「きれいですよね。鮮やかな黄色で」

妹子が頷くと、

「いや、いや、駄目なんだよ。キショウブというのは外来種だからね。在来種を駆逐しちゃうから。こいつが日本に来たせいで、日本の花の居場所がなくなっちゃうんだから。外来種だから、悪者なんだよ。キショウブは、排除しないといけないんだ」

犬の飼い主はキショウブの群生を指差しながら言った。

「はあ……」

どうも、生き物でも植物でも、ときには人に対しても、外国から来たことを理由にして悪者に仕立てようという流れがこの国にはある。結婚してすぐの頃、数駅隣にある池で掻《か》い掘《ぼ》りをやっていたので、みどりと二人で見にいった。外来種のせいで在来の生き物や植物が減少してしまったため、池の水を抜いて外来種を見つけ出し、殺そうということだった。それは結構なニュースになり、「外来種は悪者だ」という啓蒙活動があちらこちらで行われた。見せしめのため、水槽の中に外来種の魚や亀が入れられて池の近くに置かれていた。外来種を根絶しなければならないということが、かなり過激な文章でポスターに綴られていた。イラストも、外来種の魚や亀は目がつり上がっていたり牙《きば》があったり、鬼のような顔に描かれていた。在来種を守るために外来種を殺さなければならないとしても、悪者キャラに仕立てるのはやり過ぎではないか？　と感じたことを思い出す。

外来種だって、ただの生き物で、一所懸命に生きている。外来種の生き物や植物の多くが在来種より大きくて強いからといって、悪口を言って良いわけではないだろう。キショウブだって、こんなことを言われて、傷ついたり怒ったりしたっていいくらいだ……。そうだ、もしも自分が大きくて強いと思われたとして、それで蔑視の言葉を投げられたり嫌なイメージを付けられたりしたときは、傷ついたり怒ったりしたっていいんだ、と妹子は考えた。

それにしても、キショウブは、タロウと一緒にいつも「きれいだね」と言って眺めている花だ。「外来種だから、悪者なんだよ」というセリフに対して、タロウの横でなんと答えればいいのか。

こういうちょっとしたものの見方を問われるとき、また主夫としての力量を試されている気持ちになる。外来種に対して違う考えを持つ人とどのように会話したらいいのか？　そういう問いにきちんとした態度を示せない自分が不甲斐ない。

「引っこ抜きたいけどね、俺にはできないから、行政にやってもらいたいね」

犬の飼い主は続けた。

「でも、きれいですよね。外来種でも、きれいだったらきれいって言っていいんじゃないですか？　そのうち抜くとしても、今はきれいなんだから」

みどりは堂々と言った。

「そう？　派手過ぎるだろう。俺はもっと地味で淑《しと》やかなアヤメがいいね」

犬の飼い主は腕組みしながら言った。

「そうですか」

妹子は相槌《あいづち》を打った。

「あ、幼稚園に行く途中なんでしょ？　じゃあ、またね。行ってらっしゃい」

犬の飼い主はリードを引っ張りながら、タロウに手を振った。すると、

「黒トンボがわかりました」

タロウが、犬の飼い主に向かって言った。

「黒トンボ？　ハグロトンボを見たの？」

犬の飼い主は再びしゃがんでタロウに尋ねる。

「あはは、黒いトンボ、見たの？」

みどりも調子を合わせる。

「ハグロトンボ、もうちょっとあと、夏になると増えるけどね」

妹子も話を合わせながら、タロウの頭を撫でた。タロウは人見知りなのに、他人に対して急に話題を提供することがある。

幼稚園から帰ってきて、マンションの管理人さんが「お帰り」と挨拶してくれたとき、挨拶を返さずに、「アリさんが喧嘩《けんか》していたんです」と急に喋ったことがあった。

管理人さんは、「へえ、アリさんが喧嘩していたんだねえ」と話を合わせてくれたが、わけがわからなかっただろう。確かに、朝、幼稚園へ行く前に、マンションで二匹のアリがじゃれ合っているのを見たのだが、その話をなぜ帰ってから急に喋ったのか、妹子には謎だった。

それから、バス停でバスを待ちながら土遊びをして手が汚れてしまったとき、タロウが、「バスが来たら、運転手さんに『手が汚れちゃったんです』って言う」と言い出したことがあった。そんなことを急に言われても運転手さんは困惑するだろうし、バスに乗るときはサッと金を払ってスムーズに着席しないと他の乗客に白い目で見られるから妹子は急ぎたい。だから、「今、拭いてあげるから、そんなこと言わなくて大丈夫だよ」とウェットティッシュで拭いてきれいにしてあげたのだが、いざ、バスが来て乗り込むと、タロウは運転手さんに向かって、「手がきれいになったんです」と手を広げて見せた。運転手さんは、「良かったねえ」と言ってくれたが、わけはわからなかっただろう。

こういうわけのわからないことを言えるぐらいなら、「こんにちは」「さよなら」「ありがとう」などの挨拶だって簡単に言えるだろうに、と妹子としては思うのだが、挨拶はいくら教えてもなかなかスムーズにできない。

「ハグロトンボのこと、おじさんも好きだよ。優雅だもんなあ」

犬の飼い主がにっこりした。

野川の柵《さく》のところどころに貼ってある「野川で見られる生き物」というポスターには三つの写真がプリントされている。カワセミとカルガモとハグロトンボだ。野川の三大人気者だ。

ハグロトンボはトンボなのに羽をチョウチョウのようにゆっくり開閉しながら飛ぶ。漆黒の羽がぱたぱたと動く様は本当に優雅で、美しい。

妹子は今日、ハグロトンボを見ていないが、タロウはどこかで見たのだろうか。それにしても、「黒トンボを見ました」ではなく、「黒トンボがわかりました」というセリフは、ちょっと可笑《おか》しい。

「行ってらっしゃい」という挨拶に対して「黒トンボがわかりました」と返して構わないと考えるタロウの謎のセンスを、この先どうやって導いていけばいいのか。

いや、「挨拶には決まったフレーズで返さなければならない」「雑談は、相手が受け止めやすいセリフを、軽く放たなければならない」といった思い込みのある自分がまだだなのか。

もしかしたら、タロウは、挨拶というものに無限の可能性を見ていて、だからこそうまく返せないのかもしれない。なぜ、自分の言いたいことではなくて、定型のフレーズを言わなくてはならないのか、と毎回疑問を覚えて言《い》い淀《よど》んでいるのかもしれなかった。

「リボンみたい」

タロウはさらに変なことを言った。

「ああ、ハグロトンボって、黒いリボンみたいだよね。ひらひら飛ぶからね」

犬の飼い主が頷く。

「ヒモじゃなくてリボン」

タロウは話を続けた。

「ああ、ヒモっていうより、リボンだよなあ。チョウチョウ結びみたいな形だもんなあ」

犬の飼い主がさらに深く頷く。

「お父さんもねえ、ヒモじゃないんだよ。ヒモじゃなくてリボン」

タロウが続けた。

「あはは、ハグロトンボだけじゃなくて、お父さんもリボンなの?」

犬の飼い主は話を合わせてくれる。

「お父さんはリボンだよー」

タロウはにこにこする。

「そうだねえ、お父さんもリボンになろう。ヒモはやめてリボンになるね」

妹子も同調した。

「あはは」

犬の飼い主はわけがわからないはずだが、笑ってくれる。

「さよなら」

妹子は改めて、犬の飼い主に挨拶した。

「さよなら」

犬の飼い主が返し、

「さよなら」

みどりも言った。

タロウは黙ったままで、ただ見送っている。

犬の飼い主がトイプードルと共に遠くに消えてから、タロウとみどりと妹子は河川敷から車道へ上がるための階段に向かった。

「ねえ、本当に、そうしたら？」

みどりが階段を上りながら妹子に声をかける。

「何を？」

妹子がみどりの背中を仰ぐと、

「新しい経済活動をするリボンの男になったら？　リボンの男って、かわいい感じがするし、いいじゃないか。ヒモよりリボンの方がかわいいから、リボンにしなよ」

みどりは振り返ってにやにやする。

「ああ、ヒモをやめるか。そうだな、時給のことを忘れてもいいのかもしれない。金を動かさない社会参加をしたらいいんだよな、たぶん。リボンの男だから」

妹子は喋りながら、わけのわからないセリフだな、と思ったが、タロウだってわけのわからないことを言っているのだから、通りの悪いセリフをときには言ったっていいだろう。

「そうだよ。タロウも、大きくなったら、大人になる。大人になったら、リボンの男になるー」

階段を上り終えたタロウがさらにわけのわからないことを言った。妹子は嬉しくなった。

そのとき、車道沿いの電信柱をタッタッタとよじ登るものが現れた。

「なんだろう、あれ？」

みどりが目を細めながら、指差した。

「あ、あれ、タヌキだよ。タヌキが電信柱を登っている」

妹子は驚いて大声を出した。

「タヌだ」

タロウが喜ぶが、このタヌキにはちゃんと毛が生えているので、前に二回見たタヌキとは別かもしれない、と妹子は思った。

「いや、あれ、ハクビシンっていう動物かもしれない。『最近、ハクビシンが東京に増えている』って噂を聞いたことがある。タヌキより、ちょっと細身じゃない？」

みどりが指摘した。

そう言われると確かにタヌキとは別の生き物のようだな、と妹子はその俊敏な動きを目で追った。

その生き物は電信柱を登り切ると、電線を渡り始めた。それを三羽のカラスが追いかけていく。うるさいカラスに煽《あお》られ、綱渡りをしながら焦っているのかもしれなかった。

もう一本の電信柱の頂上を乗り越えたあと、さらに電線を渡り、その次の電信柱でするすると地上に降りた。そして、雑草の茂みの中へ消えた。

「いいものを見たな」

妹子はつぶやいた。

「いいものを見たー」

タロウも真似をした。

「あははははは」

謎の生き物の綱渡りを見て、妹子はしばらく笑いが止まらなかった。

山崎ナオコーラ（やまざき・なおこーら）
一九七八年、福岡県に生まれる。國學院大學文学部日本文学科卒業。卒業論文は『源氏物語』浮舟論。二〇〇四年、会社員をしながら書いた「人のセックスを笑うな」で第四十一回文藝賞を受賞し、作家活動を始める。著書に、小説『人のセックスを笑うな』『浮世でランチ』『カツラ美容室別室』『ニキの屈辱』『昼田とハッコウ』『ネンレイズム／開かれた食器棚』『美しい距離』『趣味で腹いっぱい』のほか、エッセイ集『指先からソーダ』『かわいい夫』『母ではなくて、親になる』『ブスの自信の持ち方』などがある。目標は、「誰にでもわかる言葉で、誰にも書けない文章を書きたい」。

初出　「文藝」二〇一九年秋号

参考文献
『地球博物学大図鑑』スミソニアン協会＝監修　東京書籍
『改訂版 散歩で見かける草花・雑草図鑑』高橋冬＝著・鈴木庸夫＝写真　創英社／三省堂書店
『街・野山・水辺で見かける 野鳥図鑑』樋口広芳＝監修・柴田佳秀＝著・戸塚学＝写真　日本文芸社

リボンの男《おとこ》

二〇一九年一二月二〇日　初版印刷
二〇一九年一二月三〇日　初版発行

著者　山崎ナオコーラ

ブックデザイン　鈴木成一デザイン室

装画　尾柳佳枝／れな［帯手書き文字］／りこ［表紙・扉・帯のリボンの絵］

発行者　小野寺優

発行所　株式会社河出書房新社
〒一五一－〇〇五一東京都渋谷区千駄ヶ谷二－三二－二
電話　〇三－三四〇四－一二〇一［営業］
〇三－三四〇四－八六一一［編集］
http://www.kawade.co.jp/

組版　株式会社キャップス

印刷　株式会社亨有堂印刷所

製本　小泉製本株式会社

Printed in Japan　ISBN978-4-309-02852-1　JASRAC出1911263-901

山崎ナオコーラの本

人のセックスを笑うな
19歳のオレと39歳のユリ。恋とも愛ともつかぬいとしさが、オレを駆り立てた――せつなさ100％の恋愛小説。

浮世でランチ
私と犬井は中学2年生。学校という世界に慣れない2人は、早く大人になりたいと願う。文藝賞受賞第一作。

カツラ美容室別室
こんな感じは、恋の始まりに似ている。しかし、きっと、実際は違う――恋と友情の微妙な放物線のゆくえ。

ニキの屈辱
憧れの人気写真家ニキのアシスタントになったオレ。格差恋愛に揺れる2人を描く、とびきりの恋愛小説。

ネンレイズム／開かれた食器棚
〈おばあさん〉になりたい、自称68歳の私。町の公民館の「編み物クラブ」に集う高校3年生たちの未来。

趣味で腹いっぱい
働かないものも、どんどん食べろ――趣味に生きる主婦・鞠子と仕事一筋・小太郎が見つけた新しい生活。

指先からソーダ
誕生日に自腹で食べた高級寿司体験、本が〝逃げ場〟だった子供の頃のこと……爽快＆痛快な微炭酸エッセイ。

母ではなくて、親になる
妊活、健診、保育園落選……赤ん坊が1歳になるまでの驚きの毎日を綴る、話題の出産・子育てエッセイ。